Gudrun Pausewang:

Der Weg nach Tongay

Erzählung

Deutscher
Taschenbuch
Verlag

dtv

Von Gudrun Pausewang
sind im Deutschen Taschenbuch Verlag erschienen:
Die Freiheit des Ramon Acosta (10122)
Rosinkawiese (10191)
Kinderbesuch (10676)
Guadalupe (10788)

Ungekürzte Ausgabe
Februar 1988
Deutscher Taschenbuch Verlag GmbH & Co. KG,
München

Umschlaggestaltung: Celestino Piatti
Gesamtherstellung: C. H. Beck'sche Buchdruckerei,
Nördlingen
Printed in Germany · ISBN 3-423-10854-1

Das Buch

Tongay ist ein Wallfahrtsort in Südamerika – Ziel einer alten Drehorgelspielerin, die sich in den Bergen bessere Einnahmen verspricht als an der Küste. Der Fußmarsch durch eine kahle Vulkanwüste wird für sie und einen verwahrlosten kleinen Hund zur entscheidenden Prüfung ... Gudrun Pausewang, die lange Zeit in Südamerika gelebt hat, erzählt die Geschichte dieser Frau ohne jedes Pathos, mit einer Einfachheit, die dem Thema gemäß ist und den Leser von Anfang an unmittelbar ergreift.

Die Autorin

Gudrun Pausewang wurde am 3. März 1928 in Wichstadtl in Böhmen geboren. Sie wurde Lehrerin, unterrichtete an deutschen Schulen in Chile, Venezuela und Kolumbien und ist seit ihrer Rückkehr aus Lateinamerika im Jahre 1972 als Lehrerin in der Nähe von Fulda tätig. Einige Werke: ›Guadalupe‹ (1970), ›Die Freiheit des Ramon Acosta‹ (1981), ›Die letzten Kinder von Schewenborn‹ (1983), ›Kinderbesuch‹ (1984), ›Die Wolke‹ (1987).

... doch mit großem Erbarmen
führe ich dich heim.

Isaias 54,7

Am Fuße der Lehmmauer schlief eine alte Frau im Gras. Gegen Morgen erwachte sie. Der Mond war noch nicht untergegangen, er warf den Schatten der Drehorgel über ihr Gesicht.

Sie ließ ihren Blick über die Mauer gleiten, die im Mondlicht weiß aufstieg, und über die schwarzen Säulen der Zypressen, in denen der Wind schlief. Dann rollte sie die Pupillen auf die andere Seite. Hinter der Drehorgel erspähte sie einen Müllhaufen: Flaschenscherben, verbeulte Konservendosen und Papierfetzen. Ringsum duftete es betäubend nach Minze.

Hinter den östlichen Hügeln dämmerte der kommende Tag, als sie sich erhob, steifbeinig an der Mauer entlang ihren Schatten hinter sich herzog. Zwischen großblättrigen Pflanzen und Gräsern sah sie andere Schläfer ruhen. Im Gebüsch verborgen knurrte ein Hund.

Die Mauer lief bis zu einer schmalen Gasse. Dort beschien der Mond einen Brunnen. Ein Rinnsal floß lautlos aus einem verrosteten Rohr, und wo es den Wasserspiegel berührte, zeugte es Kreise aus Licht, die einander folgten, wuchsen und am Beckenrand vergingen.

Die Alte wusch sich Gesicht und Hände. Dann schlich sie zurück, an den Schläfern vorüber, die der aufdämmernde Morgen unruhig machte. Mit ihrem Atem bewegten sie die Gräser, deren Schattenbilder an der Mauer schwankten. Unter den Blättern knurrte es wieder, und plötzlich schoß ein helles Hündchen hervor, winselte auf, sträubte das Fell und verschwand in einer Staude neben dem Müllhaufen.

Die Alte blieb stehen. Aber sie konnte nichts erkennen als die pendelnden Blumenköpfe, die sich langsam wieder beruhigten. Sie hob einen Kiesel auf und warf ihn in die Staude. Es rührte sich nichts. Da vergaß sie den Hund.

Es ist gut, daß ich mich schon gestern nach dem Weg erkundigt habe, dachte sie. So brauche ich heute nicht zu warten, bis die Leute erwachen. Alles, was ich für den Weg brauche, habe ich bei mir: Brot und Käse und ein Stück Trockenfleisch, das ist genug für zwei Tage. Morgen abend werde ich in Tongay sein.

Sie hockte sich neben der Drehorgel nieder und kämmte sich. Blauschwarz war ihr Haar, grob und ölig. Sie dachte an die Wüste. So angestrengt dachte sie nach, daß sie nicht merkte, wie die Stengel sich wieder rührten.

Wasser brauche ich noch, dachte sie.

Mit steif geflochtenen Zöpfen erhob sie sich, öffnete den Deckel der Drehorgel und zog zwei alte Sandalen heraus. Sie schloß die Riemen über den runzligen Füßen und watete in den Müllhaufen hinein, wo sie zu wühlen begann. Ab und zu richtete sie sich auf, schaute hinüber zur Drehorgel, um sich zu vergewissern, ob sie noch da war, und hörte es wieder in der Staude rascheln.

Sie lauschte und erinnerte sich an den kleinen weißen Hund. Sie lockte ihn leise, aber er zeigte sich nicht. Winselnd hockte er in der Staude, und die Blumen zitterten über ihm.

Halb zwischen Stengeln verborgen blitzte im Mondlicht eine unzerbrochene Flasche auf. Die Alte streckte die Hand nach ihr aus und zuckte zusammen: mit Gejaul fuhr der Hund aus der Staude, streifte die Hand und verschwand.

Warum hast du Angst vor mir? dachte sie und sah ihm nach. Sie hob die Flasche auf, schlurfte zurück zur Drehorgel, zog die Sandalen aus und schob den Karren dem Brunnen zu. Jammernd rollten die metallenen Räder durch das Gras. Die Schläfer stöhnten auf, während der Schatten der Alten über die Wand strich. Sie reinigte die Flasche und füllte sie. Da fiel ihr ein, daß sie keinen Korken besaß, um sie zu schließen. So leerte sie die Flasche wieder, zog die Sandalen an, sah sich um und lauschte. Aber der Ort lag still in der Nacht, keine Schritte näherten sich, die ihrer Drehorgel hätten Gefahr bedeuten können.

Sie schlich zum Müllhaufen zurück und beugte sich noch einmal über die Scherben. Da lagen Korken, mehr als genug. Sie scharrte, säuberte, maß, wählte schließlich einen aus und tappte zum letzten Mal an der Blumenstaude und den Schläfern vorüber.

Jetzt folgte ihr kein Schatten mehr. Der Mond stand hinter den Zypressen, Licht quoll über die Hügel und zeichnete die Konturen der Wüste gegen den Himmel.

Vom Brunnen her hörte sie Schritte. Mißtrauisch spähte sie in die Dämmerung hinein. Als sie sich der Drehorgel näherte, stand jene unberührt da, nur der kleine Hund trippelte hastig davon, blieb in einiger Entfernung stehen, wandte sich um und winselte.

Hier läuft er schon den ganzen Morgen herum und erschreckt mich, dachte die Alte. – Und dabei hat er Angst vor mir!

Sie füllte die Flasche von neuem, korkte sie zu und legte sie in das Fach, das über dem Musikmechanismus in die Drehorgel eingebaut war. Darauf ging der Deckel nicht mehr ganz zu.

Das macht nichts, dachte sie und ließ den Flaschenhals herausstehen, in der Wüste regnet es ja nicht.

Nun fühlte sie sich gerüstet für den langen Weg. Sie zog die Sandalen wieder aus und schob den Karren mit beiden Händen vor sich her, nach Osten zu.

Auf der Plaza schritt ein schläfriger Polizist hin und her. Schon von weitem hatte er die Räder quietschen hören. Er hieß die Alte stehenbleiben.

»Hast du einen Erlaubnisschein für diese Gemeinde?«

»Ich habe hier keine Musik gemacht und werde auch keine machen.«

»Was tust du dann hier?«

»Ich fahre nach Tongay.«

»Du willst doch wohl nicht sagen, daß du jetzt nach Tongay aufbrechen willst. Kennst du den Weg durch die Wüste?«

»Ich habe ihn mir genau erklären lassen.«

Der Polizist schüttelte den Kopf.

»Laß das bleiben, du bist kein junges Mädchen mehr. Du kommst nie dort an. Der Weg ist schwer zu finden, und die Hitze wird dich austrocknen.«

»Ausgetrocknet bin ich schon. Der Saft ist längst raus. Mir blieb nur die Zähigkeit, und die langt für den Weg nach Tongay.«

»Warum bleibst du nicht hier und spielst für uns? Auch wir haben Musik gern. Welches Lied ist es denn?«

»Die Witwe des Grafen Eufém.«

Der Polizist schnalzte vor Vergnügen. Er pfiff die ersten Töne und sagte: »Spiel es mir vor, ja? Mein Lieblingslied ...«

»Ich habe keinen Erlaubnisschein.«

»Wer würde dich nach dem Erlaubnisschein fragen, wenn nicht ich?«

»Ich habe keine Zeit«, sagte die Alte. »Ich

muß die Morgenkühle ausnutzen. Es wird schnell heiß in den Hügeln.«

»Morgen feiert meine Nichte Hochzeit. Wenn du uns spielst, darfst du mit uns essen.«

»Ich fahre hinauf nach Tongay.«

»Ich werde dir noch heute früh den Erlaubnisschein besorgen, und ich werde den Leuten hier auf der Plaza zu verstehen geben, daß sie dich nicht umsonst anhören sollen. Du wirst gut verdienen.«

»Ich fahre hinauf nach Tongay.«

Der Polizist schob die Mütze in den Nakken und sah die Alte heiter an. »Du bist furchtlos«, sagte er. »Als du jung warst, mußt du ein keckes Mädchen gewesen sein.«

Die Alte schwieg.

»Warum bist du nicht mit den Pilgern hinaufgezogen? Vorgestern nachmittag, mit Lasteseln und Reiteseln, es waren auch ein paar Alte darunter, deshalb mußte der Zug langsam wandern. Das wäre das richtige für dich gewesen.«

»Ich bin erst gestern mit dem Zug angekommen.«

»Warte eine Weile. In zwei Stunden ist mein Dienst zu Ende, dann werde ich dir eine Mula besorgen. Auf ihr kannst du nach

Tongay reiten. Aber deine Drehorgel mußt du hierlassen, sie und du, das ist zu schwer für das Tier, und noch dazu Futter und Wasser für unterwegs.«

»Was soll ich dort oben ohne Drehorgel tun?« fragte die Alte. »Ich gehe hinauf, um mir während des Festes Geld zu verdienen. Ich glaube, ich werde dort die einzige mit einer Drehorgel sein. Da läßt sich Geld machen.«

»Wie du willst«, sagte der Polizist ärgerlich. »Aber ich habe dich gewarnt. Du wirst noch an mich denken.«

Die Alte schob die Orgel an.

»Leben Sie wohl«, sagte sie rauh.

Zwischen den Palmen der Plaza schlummerte ein verschnörkelter Musikpavillon, dahinter reihte sich Laden an Laden. Eine Madonnenstatuette stand in der Nische einer Hauswand. Die Alte sah sie nicht, wohl aber das Liebespaar, das darunter kauerte: fernes Wetterleuchten der Erinnerung.

Sie gelangte allmählich an das östliche Ende der kleinen Oase. Hinter ihr heulte ein Hund jammervoll auf. Sie wandte sich um, konnte ihn aber nirgends entdecken. In den glitzernden Kronen der Olivenbäume begannen sich die Vögel zu regen. Blumen und Rankengewirr krochen über die aus Feldsteinen aufgeschichteten Gartenmauern. Ein kühler Wind erhob sich.

Ich hätte schon in den vergangenen Jahren zum Fest nach Tongay hinaufziehen sollen, dachte die Alte. Da unten an der Küste gibt es schon zu viel Musik, dort wenden sie kaum den Kopf nach mir um. Aber die Leute in den Bergen, die werden sich freuen! Und das Fest dauert sieben Tage!

Die Gärten verliefen sich in hartem, staubigem Gras, das in Büscheln zwischen verstreuten Steinen wuchs. Nach einer Wegstrecke verschwand auch das Gras. Wüste breitete sich vor der Alten aus, schmutziggrau zwischen Tag und Nacht, Hügel an Hügel, steinbesät, kahl. Der Weg floß in die Landschaft hinein.

Wie könnte ich diesen Weg verlieren? dachte sie und betrachtete die breiten Spuren. – Er ist ja so deutlich zu sehen wie die Linien in meiner Hand!

Ihr schien, als höre sie hinter sich das atemlose Japsen eines Hundes. Überrascht drehte sie sich um: der kleine weiße Hund lief schweifwedelnd auf sie zu und hockte sich vor ihr nieder.

»Was soll das?« rief die Alte. »Siehst du denn nicht, daß ich in die Wüste gehe? Du kannst nicht mit. Ich habe nicht genug Essen für zwei mitgenommen, und die Wüste ist auch viel zu heiß für deine Pfoten. Und ich kann dich nicht mitlaufen lassen, ohne mich um dich zu kümmern. Lauf heim, hörst du, und leg dich in den Schatten!«

Sie wandte sich wieder der Drehorgel zu und schob sie weiter. Bald wird die Sonne aufgehen, und ich bin noch so nahe am Ort, dachte sie und lief ein Stück. Der östliche Himmel wogte jetzt in wechselnden Farben und blendete sie. Als ihre Augen dem Licht auswichen, fanden sie den Hund, der still neben ihr herlief und mit dem Schwanz wedelte. Ärgerlich blieb sie stehen.

»Habe ich dir nicht gesagt, du sollst umkehren?« rief sie.

Er ließ sich nicht fortscheuchen. Er blieb stehen und schaute sie an.

»Mach, daß du heimkommst, oder ich werde dich jagen!«

Während sie den Wagen weiterschob, spähte sie nach dem Tier. Es folgte ihr in sicherem Abstand.

Gleich geht die Sonne auf, dachte sie,

und ich vertue die kostbare Zeit mit diesem Köter!

Wieder rannte sie ein Stück. Die Räder ächzten. Dann lauerte sie über die Schulter zurück: der Hund kam lautlos hinter ihr her.

Da packte sie die Wut. Sie ließ den Karren stehen, hob einen Stein auf, warf ihn mit aller Kraft nach dem Hund, der aufheulend davonstob, wischte die Hände am Rock ab und zog weiter.

Immer mehr Hügel glühten auf, violette Schatten legten sich in die Mulden, rot schob sich die Sonne hinter dem Horizont empor. Die Alte starrte gebannt hinein, bis sie geblendet die Lider senken mußte. Eine Weile schritt sie mit geschlossenen Augen dahin. Dann hob sie den Blick, aber wohin sie auch sah, tanzten rote Sonnenscheiben vor ihren Augen.

Der Hund fiel ihr wieder ein. Sie drehte sich um, sicher, ihn als winzigen Punkt entschwinden zu sehen, aber wenige Schritte hinter ihr schlich er in dem langen Schatten dahin, den sie über die Ebene warf.

Sie öffnete die Drehorgel und kramte ein kleines Stück Trockenfleisch heraus, hockte sich nieder und zeigte es dem Hund. Mit zärtlichem Geschnalz lockte sie ihn heran. Langsam kroch er näher, und ebenso langsam ließ sie sich auf die Knie nieder und kroch ihm entgegen und hielt ihm die freie Hand hin, um ihm die Scheu zu nehmen. Mit der anderen bot sie ihm das Fleisch an. Er beroch die alte runzlige Hand, dann beleckte er sie und sein Schwanz peitschte die Erde. Im gleichen Augenblick fuhr sie ihm auch schon ins Nackenfell, hob ihn hoch und schlug ihn, daß er laut heulte. Dann schleuderte sie ihn in der Richtung des Ortes von sich.

»Da hast du's! Verstehst du mich jetzt?« schrie sie. Sie schaute dem Hund nach, der den Weg zurücklief. Schwer atmend brachte sie den Karren wieder in Bewegung. Die Sonne hatte sich vom Horizont gelöst, alle Hügel warfen der Alten ihre Schatten entgegen, und immer noch führte der Weg durch die Ebene. Aber schon stieg er fast unmerklich an.

Sie eilte auf die Hügel zu, so schnell sie konnte, denn sie wußte, daß die Sonne nicht lange brauchte, um die Wüste zum Glühen zu bringen. Ihre Gedanken liefen nach Tongay und drehten die Orgel mitten in einem Kreis von Lauschern. Sie sah sich ihre Hand ausstrecken, die sich mit Geld füllte, es sank in ihren Schoß und häufte sich: Geld für Wochen! und die Kinder Tongays bestaunten sie und die Drehorgel mit offenem Munde. Wieviel schöner war es in Tongay als an der Küste, wo die Kinder, wann und wo immer sie auftauchte, hinter ihr herriefen: »Die Witwe des Grafen Eufém!« und sie nicht in Ruhe ließen bis spät in die Nacht.

Am Hang der Hügel angelangt, wandte sie sich um. Sie wollte die Oase noch einmal liegen sehen: die weißen Hütten zwischen der Fülle dunkler Gärten, den ruhenden Punkt in der Leere der Ebene.

Aber sie sah etwas anderes: der Hund kam ihr nachgekrochen!

Sie schob die Drehorgel an den Rand des Weges, sicherte die Räder mit Steinen und lief, so schnell sie konnte, auf den Hund zu. Der, noch weit von ihr entfernt, sah sie kommen, stutzte, verließ den Weg und wich, den Schwanz zwischen den Beinen, ins freie Feld aus. Scheu belauerte er ihre Bewegungen. Sie folgte ihm, streckte die Hände nach ihm aus und schrie: »Komm her oder ich erschlage dich!«

So oft sie ihn fast erreicht hatte, floh er

immer tiefer in die Wüste hinein, und die Angst leuchtete aus seinen Augen. Nur ihre beiden Schatten trafen sich ab und zu, hüpften auf der schimmernden Fläche umeinander, tauchten einer in den anderen und lösten sich im nächsten Augenblick wieder aus der Verschmelzung.

Schließlich ließ die Alte erschöpft von ihm ab. Zusammengekrümmt, sprungbereit belauerte er sie. Weit waren sie in die Wüste hineingeraten. Fern von ihnen schatteten die Spuren des Weges, und etwas erhöht über der Ebene stand einsam die Drehorgel.

Einen halben Tag werde ich verlieren, dachte sie niedergeschlagen. Langsam schritt sie zum Weg zurück, noch keuchend von der Jagd. Unter ihren bloßen Füßen spürte sie die schwellende Wärme. Hügel und Ebene waren jetzt in ein Licht getaucht, in dem sich schon die Hitze des Mittags ankündigte. Aber noch blieb die Luft kühl.

Sie wandte der Sonne den Rücken zu und kehrte um, ging der Oase entgegen, und als sie mit einem Seitenblick feststellte, daß der Hund ihr folgte, schritt sie schneller aus.

Sie lief hinter ihrem Schatten her, der sich unmerklich verkürzte, und vergewisserte sich ab und zu, daß der Hund nachkam. Vor ihr, am Ende des schnurgeraden Weges, wuchsen Palmen, Zypressen, weiße Mauern auf. Eine Stunde lang lief sie in leichtem Trab ohne Aufenthalt bis in die harten staubigen Gräser hinein, die die Oase umgaben.

Der Hund folgte ihr auf den Fersen. Sie sprach nicht mit ihm und lockte ihn auch nicht, sondern trabte weiter, an dem Geschrei spielender Kinder, an Ziegenherden vorüber. Vogelschwärme erhoben sich aus den Gärten. Der offene Weg verwandelte sich zurück in eine Gasse zwischen rohem Gemäuer, Staub glitzerte auf den Blumen, Staub trieb in zierlichen Säulen über die Wagenspuren. Die Alte watete durch ihn den ersten Häusern zu, eine graue Fahne hinter sich aufwirbelnd. Die Geräusche des Ortes schwollen an, Hunde kläfften, Gelächter und Gekreisch aus offenen Türen.

Die Alte entdeckte in einer brüchigen Gartenmauer, an der sie entlangschritt, eine Lücke hinter üppig wucherndem Gebüsch. Dort hinein schlüpfte sie nach kurzem Zögern.

In den Kronen der staubigen Bäume spielte die Sonne, Vögel lärmten in den Zweigen, über verwahrloste Beete krochen Blumen, schlangen sich um Sträucher, umwucherten Stämme, spreizten sich wohlig im feuchten Schatten.

Die Alte hockte sich mitten in die Blumen. Sie erlaubte sich, für eine Weile die Augen zu schließen und auszuruhen.

Außerhalb der Mauer zogen Menschen auf und ab, Geräusche schwollen an und verebbten wieder, das Gesumm eines Flugzeugs über der kleinen Stadt sank bis in den verwilderten Garten und verwob sich mit dem der Bienen und dem Rascheln sommerdunkler Blätter.

Sie gönnte sich keine lange Rast, sondern öffnete bald einen Beutel, den sie unter ihrer Bluse an einer Schnur um den Hals trug, entnahm ihm ein paar Münzen und versteckte ihn wieder sorgfältig. Dann kroch sie aus der Kühle heraus, zurück in den Staub und Lärm der Gasse.

Als sie die Ruten der Staude an der Mauerlücke auseinanderbog, sprang etwas Kleines, Weißes zur Seite: der Hund, der ergeben auf sie gewartet hatte. Es drängte sie, mit dem Fuß nach ihm zu treten. Aber dann dachte sie an ihren Plan. Sie durfte ihn nicht verängstigen. Schweifwedelnd sah der Kleine zu ihr auf und begehrte nichts, als sie weiter begleiten zu dürfen.

Freundlich begann sie ihn zu locken, der, voller Furcht am ganzen Körper zitternd, begierig den schmeichelnden Worten lauschte. Da schlug ihre Hand auch schon in sein Fell. Sie hob den sich Sträubenden auf, preßte ihn an sich und durchpflügte in wilder Hast Weibergeschwätz und Kinderspiele, stolperte, fiel, raffte sich auf, das heulende Tier fast erstickend, bis sie sich wieder an ihren Plan erinnerte.

Sie näherte sich einer dicken Frau, die nicht weit von ihr im Türrahmen lehnte.

»Nein«, wehrte die schon von weitem ab, »hier werden keine Almosen verteilt. Ich bin selber arm!« und schlug die Tür zu.

Die Alte trottete weiter. In ihrer Hand fühlte sie den mageren Körper unter aufgeplustertem Fell. Zärtlichkeit regte sich in ihr. Der Hund spürte es, schmiegte sich an sie und reckte den Kopf, um ihr Gesicht zu lecken. Aber sie wich ihm aus.

Sie stellte sich einem Mädchen in den Weg und begann zu sprechen.

»Nach Tongay?« rief die Junge und brach

in Gelächter aus. »Nach Tongay, und so allein? Dort kommst du nie an, alt wie du bist. Ich bin auch einmal dort gewesen, vor drei Jahren, wegen einem Gelübde. Unterwegs bin ich vor Hitze und Durst fast gestorben, und dabei waren wir ein ganzer Haufen und hatten genug Proviant mit. Und dann der Weg. Kennst du ihn überhaupt?«

»Ja«, log die Alte.

»Na, dann ... und trotzdem, du bist zu alt dazu. Woher kommst du?«

»Von der Küste«, antwortete die Alte und wurde ungeduldig, weil sich das Gespräch von dem, was ihr auf dem Herzen lag, entfernte.

»Warum bist du dann nicht mit dem Zug bis San Rufino gefahren und von dort mit einem Lastwagen nach Tongay hinauf?«

»Die Reise hätte mich mehr als das Doppelte gekostet.«

»Komm rein zu einem Kaffee«, sagte das Mädchen und öffnete die Tür. Sie sah die Alte plötzlich erschrocken an. »Hast du denn nichts bei dir für unterwegs? Und was soll der Hund? Laß ihn draußen.«

»Ich wollte dich bitten, ihn einzusperren, bis heute abend vielleicht, damit ich ungestört fort kann. Denn er läuft mir nach. – Meinen Kram habe ich draußen in der Wüste.«

»Deswegen kommst du zurück? Du bist verrückt. Wenn er dir schon nachläuft – was geht es dich an? Laß ihn doch laufen!«

»Das kann ich nicht«, sagte die Alte.

»Warum hast du ihn nicht mit einem Stein erschlagen? So ein kleines Vieh ist doch leicht umzubringen.«

Die Alte zuckte die Achseln und schwieg.

»Meine Mutter läßt keine Hunde ins Haus. Da mußt du schon woanders fragen. Aber einen Kaffee sollst du trotzdem bekommen.«

Die Alte drehte sich um und ging fort.

Das Mädchen wurde zornig und schrie ihr nach: »So seid ihr alle: dreckig und undankbar!«

Ein alter Mann kam aus einem Tor. Die Alte näherte sich ihm und begann zu sprechen, aber er ging an ihr vorüber, ohne ihren Worten Aufmerksamkeit zu schenken. Sie lief neben ihm her und bettelte: »Sie haben einen Schuppen im Hof, man braucht den Hund nur darin festzubinden. Ein paar Stunden nur. Er wird niemand stören, er ist ja so klein ...«

Der Mann schritt schneller aus, ohne sich ihr zuzuwenden.

»Ich will es nicht umsonst gemacht haben«, rief die Alte, »ich kann zahlen!«

Doch der Mann ging weiter und schüttelte sie mit einer Handbewegung ab wie ein lästiges Insekt.

Den Hund an sich gedrückt, blieb sie stehen. Die Staubwolke, die sie aufgewirbelt hatte, hüllte sie ein.

Sie dachte eine Weile nach, dann steuerte sie auf das Mauerloch zu, sah sich lauernd um, ließ einen gleichgültig dreinblickenden Jungen vorübertrotten und schlüpfte dann in den Garten hinein. Tief aufatmend tauchte sie in die Schattenkühle, hob einen schweren Mauerstein auf und kroch tief in die grüne Wildnis. Unter einer Palme hockte sie sich nieder, legte den Hund in eine Margueritenstaude und wartete, bis sich die aufgeschreckte Vogelwolke wieder in den Wipfel herabgelassen hatte.

Schwanzwedelnd sah der Kleine zu ihr auf und leckte ihre Hände. Während sie den Stein hob, fühlte sie unter der anderen Hand, die den Kopf des Hundes niederdrückte, jähes Zittern.

Ich muß mich beeilen, dachte die Alte, sonst fange ich an, ihn gernzuhaben.

Plötzlich schrak sie auf: über ihr hing das Gesicht des Jungen, der ihr eben begegnet war, und lächelte. Er beugte sich herab und streichelte den Hund.

»Es geht mich nichts an«, sagte er. »Hier erschlägt jeder seinen Hund, wenn er lästig ist. Aber dieser hier ist so hübsch, so freundlich ...«

So alt wären meine Jungen auch einmal gewesen, dachte die Alte.

»Warum gibst du ihn mir nicht?« fragte der Junge. »Ich würde ihn gernhaben.«

Dreist nahm er ihr den Stein aus der erschlafften Hand und warf ihn fort. Dann löste er ihre Hand aus dem Fell, hob das Tier auf und drückte es an sich. Aber es strebte zitternd zu der Alten zurück, die reglos zwischen den Blumen kauerte und alles über sich ergehen ließ.

»Aber ich möchte dich bitten, mir etwas Geld zu geben, daß ich dem Hund Fleisch kaufen kann. Er ist ja erbärmlich mager.«

»Wenn ihr selbst nichts zu essen habt«, antwortete die Alte, »wie wollt ihr da noch den Hund mit durchfüttern?«

Der Junge merkte, daß er einen Fehler

begangen hatte, und versuchte ihn zu verwischen, indem er den Hund unter Zärtlichkeiten fast erdrückte.

»Es ist immer etwas da«, beeilte er sich zu sagen, »auch wenn es kein Fleisch ist. Und wenn ich ihn aus meinem eigenen Teller fressen lassen müßte: er wird nicht verhungern! Nur zu Anfang etwas Fleisch, damit er sich erholen kann ...«

»Glaubst du vielleicht, ich sei reich?« entgegnete die Alte und reichte ihm zwei Münzen hinüber in die ausgestreckte Hand.

»Das reicht nicht einmal für ein Pfund«, sagte er weinerlich. Mißtrauisch schob sie ihm noch eine Münze hin.

»Mehr habe ich nicht. Binde ihn fest, denn er wird mir nachlaufen wollen.«

»Behalt ihn!« zischte er ihr zu und warf ihr den aufheulenden Hund vor die Füße. »Soll er dir doch nachlaufen bis an dein Ende! Glaubst du, ich gebe mich mit diesen paar Groschen zufrieden?«

Die Alte erstarrte. Sie mußte fort, hinaus in die Wüste, hinauf zur Drehorgel, die dort schutzlos stand. Sie fühlte auch, daß die Kraft zerronnen war, die sie brauchte, um das Tier zu erschlagen.

Er muß ihn nehmen! dachte sie verzweifelt.

Hastig reichte sie ihm das letzte Geldstück. Er grinste, packte den Hund am Schwanz und zog ihn grob zu sich hinüber. Das Tier heulte vor Schmerz auf und strebte zurück, aber schon hatte er es hochgehoben und unter den Arm geklemmt. Er lachte auf, zwinkerte der Alten zu und flüsterte: »Wer weiß, ob du nicht noch mehr Geld bei dir hast?«

Die Alte erschrak: »Es ist wirklich alles gewesen. Rühr mich nicht an. Ich rufe um Hilfe, die Gasse ist nah.«

Der Junge zeigte auf den Stein, mit dem die Alte den Hund hatte erschlagen wollen.

»Der ist handlich«, flüsterte er. »Und diesen Garten betritt selten jemand.«

»Ich erkenne dich jetzt: du wirst meinen Hund quälen!« keuchte die Alte.

Er ging auf die Mauerlücke zu und sagte dem Tier ins Ohr: »Sag deiner Mama Lebwohl!« und kniff ihn in den Schwanz, daß er vor Schmerz aufjaulte.

Die Alte versuchte ihm den Hund zu entreißen.

»Gib ihn her!« schrie sie. »Nimm das Geld und geh, ich schenk dir's!«

Er schüttelte die Alte mühelos ab. Mit völlig veränderter, freundlicher Stimme sagte er plötzlich: »Du willst ihn also zurückhaben? Gut. Er ist bereits mein Eigentum, du hast ihn mir ja selbst übergeben. Also mußt du ihn zurückkaufen. Gib mir genau so viel, wie du mir schon gegeben hast, und du bekommst ihn sofort zurück.«

»Wo soll ich es denn hernehmen?« schrie die Alte.

Der Junge lächelte sie an, und während sich sein Lächeln in eine grinsende Larve verwandelte, hob er die Hand mit dem Zweig und bohrte ihn langsam in das rechte Auge des Hundes.

Der gellende Schrei der Alten brachte den Burschen zur Besinnung. Ohne den Hund loszulassen, drängte er sich durch das Mauerloch hinaus und verschwand. Der Körper der Alten spannte sich ihm nach, fiel dann zusammen.

Ich hätte den Hund mitlaufen lassen sollen, dachte sie. Er ist zwar schon alt, aber vielleicht hätte er den Weg doch noch geschafft.

Dumpf brütend zwängte sie sich in die Sonne hinaus, die jetzt mit aller Glut in die Gasse prallte. Plötzlich preßte sie die Fäuste gegen die hämmernden Schläfen und begann zu laufen, bis sie an die letzten Gärten gelangte und der Weg steinig wurde. Sie spähte durch das brennende Licht hinüber zu den Hügeln. Es war zu hell, als daß sie mit ihren alten Augen die Drehorgel hätte erkennen können. Matt schritt sie weiter. Sie hatte nichts bei sich, um den Kopf zu beschatten, denn ihr Hut hing an der Stange des Karrens.

Ich hätte ihn retten können, dachte sie. Irgendwo wird er jetzt liegen und verrekken. Warum nur hat er mich ausgewählt unter den vielen Leuten? Er folgte mir, als habe es ihm jemand befohlen. Aber hätte ich noch mehr in die verdammten Hände dieses Burschen werfen sollen? Nein, mich trifft keine Schuld. Ich habe getan, was ich konnte.

Über der Ebene ballte sich die Hitze zusammen, der Weg glühte unter den Füßen der Alten und trieb ihr Tränen in die Augen. Zusammengekrümmt hinkte sie weiter.

Warum nahm ich meine Sandalen nicht mit zurück in den Ort? dachte sie. Ich hätte doch wissen müssen, daß die Erde schnell heiß wird!

Sie ließ sich auf einem Stein nieder und zog die Füße hoch, bis die Schmerzen etwas nachließen. Ihr Blick glitt dem Weg nach, über die Spuren der Eselshufe dem Hügel zu, und da erkannte sie die Drehorgel.

Eine Stunde später hatte sie den Karren erreicht. Sie kramte die Sandalen heraus, löste den Hut vom Griff des Karrens und stülpte ihn sich auf. Ihr Kopf hämmerte und schien sich zu blähen. Die ersten Schritte taumelte sie, dann fuhr sie weiter, auf den Karren gestützt, bis hinter dem Hügel eine Kupfermine auftauchte. Der Weg bog zu ihr ein. Sie schob den Karren bis vor das Hauptgebäude. Verlassen lag die Anlage da, nichts rührte sich. Baracken verwitterten und zerfielen. Nur die hohe, rotbraune Halde hob sich von der Landschaft ab. Die Alte folgte dem elenden Pfad, der sich aus dem Ende des breiten Weges löste und in steilen Serpentinen den Hang eines zweiten, steileren und höheren Hügels hinauflief.

Es war ein mühsamer Aufstieg.

Ich werde meinen Vorrat erst anrühren, wenn ich oben bin, dachte sie und zog den Wagen hinter sich her. Die Räder versanken in Sand und Steinen. Sie band die Wasserflasche, um sie zu schützen, in den weiten Rock. Nach der vierten Windung des Weges war sie so erschöpft, daß sie sich eine Weile niederkauern mußte. Mit der Zunge fuhr sie sich über die trockenen Lippen.

»So allein bin ich selten gewesen«, sagte sie laut. »Der kleine Hund – mit ihm könnte ich mich gut unterhalten. Aber ich bin sicher, daß er tot ist.«

Sie lehnte sich nach hinten, bedeckte die Augen mit ihren Händen und wand den Kopf hin und her, um das grausige Bild aus dem Garten zu verscheuchen. Als das nichts half, stand sie auf und quälte sich weiter. Die Sonne hatte den Scheitelpunkt schon überschritten. Auf den Minendächern waberte die Hitze.

»Jetzt müßte ein Wind kommen«, sagte die Alte. »An der Küste haben wir immer Wind. Fast mein ganzes Leben habe ich in San Fernando de la Costa verbracht, und kein einziger Tag war ohne Wind.«

Sie blieb stehen und starrte sehnsüchtig hangaufwärts. Weiter, Tomása, dachte sie.

Mit den eintönig hergeleierten Worten des Ave Maria wurde sie wieder ruhig. Steine lösten sich unter den Rädern und kollerten zu Tal, gerieten zwischen Fuß und Sandale, preßten sich in wundes Fleisch. Ihre Sohlen brannten wie Feuer. Schrittweise kämpfte sie sich durch das Geröll, und als sie vierunddreißigmal das Gebet wiederholt hatte, fand sie sich dem Kamm des Hügels sehr nahe.

Keuchend blieb sie stehen. Jetzt konnte sie schon auf manche der Gipfel hinabsehen, rundkuppige und flachrückige, aber alle waren sie kahl und tot. Nur die Sonne ließ ihre Farben aufleuchten. Hinter ihnen tauchten neue, unbekannte Berge auf. Einer von ihnen – der höchste, auf den ihr Blick sofort fiel – war steil und spitz.

»Das ist er, auf den ich achten muß«, murmelte sie. »Hinter ihm liegt Tongay.«

Schweißtropfen rannen ihr in den Mund, ihre Knie zitterten vor Hunger und Erschöpfung. Sie klappte den Deckel des Karrens auf und betrachtete das in Lumpen gehüllte Fleisch, den Käse und das Brot. Unter ihrer trockenen Zunge sammelte sich Speichel. Aber sie klappte den Deckel wieder zu und spannte sich noch einmal vor die Drehorgel. Mit zusammengepreßten Lippen, den Hut tief ins Gesicht geschoben, stolperte sie vorwärts. Der Wagen stürzte, sie richtete ihn wieder auf. Nach ein paar mühsamen Schritten fiel er abermals, sie stürzte mit, die Hände um die Stange gekrampft. Die Kurbel scharrte im Geröll und ließ ein paar Orgeltöne im Kasten aufschrillen.

»Sei still!« herrschte sie die Orgel an.

Ihr Kinn blutete. Sie tastete nach der Flasche. Die war heil geblieben. Sie erhob sich, richtete den Karren wieder auf und zog weiter.

»Morgen abend werde ich nicht in Tongay ankommen«, seufzte sie bitter. »Einen halben Tag habe ich verloren und dazu viel Kraft für die Schmerzen. Aber bis übermorgen mittag werde ich es schaffen.«

Jetzt eine Gräfin sein, die Witwe des Grafen Eufém, eine Sänfte besitzen oder ein Pferd.

Fast gleichmütig fühlte sie, wie sich die Steile des Pfades unter ihren Füßen mäßigte und eine kaum merkliche Bewegung der Luft über ihre gesenkten Lider strich. Sie hob den Blick. Unter ihr lag die Ebene, die ganze gewaltige Wüste. In dunstiger Ferne blitzten die Blechdächer der Oase.

Sie holte tief Atem, öffnete hastig den Deckel, kramte Brot und Käse heraus, schälte die Flasche aus ihrem Rock, warf sich auf die Erde und begann gierig zu schlingen. Aber das Fleisch rührte sie nicht an: das wollte sie für später aufheben. Als sie den vierten Teil des Wassers getrunken hatte, zögerte sie, setzte die Flasche ab, sah sie erschrocken an und stellte sie, sorgfältig zugekorkt, in den Schatten der Drehorgel. Auch Brot und Käse packte sie schnell wieder ein, obwohl sie noch nicht satt war. Eine ungeheure Müdigkeit überfiel sie.

»Hier will ich mich ausruhen, bis die Abendkühle kommt«, sagte sie. »Drei Stunden oder vier, dann wird die Sonne untergehen.«

Sie sah sich nach Schatten um, aber flach und kahl zog sich der Hügel hin, auf dem nur sie selbst und der Wagen Schatten warfen. Da schob sie die Flasche beiseite, nahm den Hut ab, bettete den Kopf in den Schatten des Wagens und schlief sofort ein.

Aus ihren Tiefen stieg ein Traum: über endlose Ebenen lief ein Kind, einen riesigen Schatten werfend, der über sie, die Alte, fiel und sehr kalt war. Das Kind entfloh, aber sie hatte es längst erkannt, es war ihr jüngster Sohn José, und sie lief ihm nach und rief und lockte und wollte ihn greifen, ihn festhalten und an sich ziehen, aber er hielt sich in sicherer Entfernung. Sie stolperte über ihren Schatten und schlug hin. Als sie aufschaute, hatte er sich umgewandt und sah sie an: er trug die grausamen Züge des Gassenjungen.

Sie wollte schreien, brachte aber keinen Ton hervor. Sie schlug die Hände vors Gesicht, um ihn nicht sehen zu müssen, doch die Hände wurden durchsichtig, sie sah ihn herankommen, wollte davonlaufen, aber ihre Füße waren wie festgewurzelt mitten in der Wüste, und er kam auf sie zu, zog ihr die Hände vom Gesicht, schlang seine Arme um ihren Hals, schmiegte sich an sie und liebkoste sie, bis der Funken auf sie übersprang und sie sich hinabbeugte, um ihn zu küssen. Aber als sie sich ihm entgegenneigte, sah sie, daß sein rechtes Auge zerstört war. Ihr Herz krampfte sich zusammen. Sie sah ihr Kind in einer brandroten Flut untergehen und erwachte.

Der Schatten war weitergeglitten, die Sonne fiel ihr voll ins Gesicht. Dumpfes Grauen des Traumes wogte noch in ihr und schüttelte ihren Körper. Aber sie konnte sich nicht mehr erinnern. Seufzend rückte sie dem Schatten nach, blinzelte zur Sonne und sah sie dem Horizont entgegensinken.

Ich werde nicht mehr lange auf die Kühle warten müssen, dachte sie, schloß wieder die Augen und fiel in einen unruhigen Halbschlaf. Unter ihren Lidern wogte es violett, ein dumpfer Druck umklammerte ihr Herz, den sie nicht zu deuten wußte, und einmal war ihr, als hörte sie Schritte, ein leises Getrippel, fast unhörbar.

Plötzlich spürte sie etwas Feuchtes an ihrer Wange. Erschrocken riß sie die Augen auf und starrte mitten in eine leere, blutig verkrustete Augenhöhle.

Schreiend fuhr sie hoch, rannte in hellem Entsetzen davon, den Arm schützend vor das Gesicht gehoben. An der Neige des Hanges blieb sie verstört stehen und wagte sich nicht umzudrehen.

Ich habe geträumt, dachte sie und fühlte doch: das war mehr als ein Traum gewesen!

Endlich wandte sie sich um und erblickte den kleinen weißen Hund. Verloren stand er zwischen ihr und dem Karren und erschien noch kleiner und magerer als am Morgen.

Sie taumelte auf das Tier zu, das sich sofort winselnd unter dem Karren verkroch. Als sie das sah, brach sie in Tränen aus. Sie weinte so laut und hemmungslos, daß ihr Geheul weit über die Hänge tönte. Nur langsam beruhigte sie sich, reinigte ihr Gesicht im Rock, brach dann in Lachen aus und weinte wieder. Sie näherte sich behutsam dem Karren und kauerte sich nieder.

»Also hat er dich doch nicht totgequält«, flüsterte sie. »Wie hast du nur den Weg gefunden?«

Der Hund schaute fluchtbereit mit seinem einen Auge ängstlich zu ihr auf. »Du brauchst keine Angst mehr vor mir zu haben«, sagte sie. »Ich jage dich nicht mehr zurück.«

Sie öffnete den Karren, holte das Fleisch heraus und ließ den Deckel leise herab, um den Hund nicht zu erschrecken. Vor den Rädern kniete sie nieder und reichte den Brocken durch die Speichen. Der Hund löste sich von der Erde und schob sich mit vorgerecktem Kopf mißtrauisch an die Hand heran. Die Alte wagte kaum zu atmen. Endlich stieß er die Schnauze vor und schnappte nach dem Fleisch, riß es gierig aus ihren Fingern und rannte davon. In sicherer Entfernung verschlang er es, und als er fertig war, schaute er unschlüssig zu ihr herüber.

Er hat Durst, dachte sie.

Als sie das blinkende Wasser in der Flasche sah, bekam sie selbst heftige Lust zu trinken, aber sie beherrschte sich. Sie kramte den Teller, mit dem sie das Geld einzusammeln pflegte, aus dem Karren. Es war ein Emailleteller. Der Lack war schon teilweise abgesprungen, aber noch war auf dem Grunde das billigbunte Bild eines großköpfigen Kindes zu erkennen. Sie blies Staub aus dem Teller, dachte dabei flüchtig an Panchito, ihr viertes Kind, wie sie es immer tat, wenn sie dieses Bild sah, und empfand, als sie den Teller dem Hund entgegentrug, wie trocken ihr Gaumen war. Sie stellte das Wasser auf die Erde und zog sich bis zum Karren zurück.

Das Tier trank in wilden Zügen, ruhte dann, den Kopf auf den Vorderpfoten, ließ aber sein Auge nicht von der Alten.

Ich will ihm Zeit lassen, sich an mich zu gewöhnen, dachte sie und vergaß, daß sie hatte aufbrechen wollen, noch bevor die Sonne unterging, um die Kühle des Abends auszunutzen.

Orangenfarben schimmerten die Hügel, leuchtend gelbe Streifen zogen quer über den Himmel, die Luft wurde kühl und durchsichtig, und die Oase trat aus der Ebene. Ihre Geräusche drangen bis herauf, an- und abschwellend, wie die Wellen der Luft sie herantrugen, hauchartig nur und unwirklich. Rot hing die Sonne im Dunst der Ebene.

Die Alte löste den Blick von dem Hund und ließ ihn schweifen. Die Ebene ertrank in bläulichen Schatten. Hier oben erglühte die Erde aber um so mehr, je höher die Dämmerung an den Hügeln emporkroch. Die Kuppe, auf der die Alte einsam kauerte, war hoch, sie bewahrte das Licht lange. Noch einmal flammte sie vor dem stählernen Blau des östlichen Himmels auf und mit ihr die Alte, der Hund und der Karren, denn erlosch auch sie. Nur der Kegel im Hintergrund, der alle Gipfel überragte, glühte noch, als leuchte er von innen, als sei es nicht die Sonne, sondern er allein in seiner unheimlichen Schönheit, der die Gipfel ringsum rötete.

Die Alte fuhr hoch, versenkte die Flasche im Wagen, klopfte den Hut ab, band ihn an die Stange und versuchte, den Hund zu streicheln. Unter der Berührung zuckte er zusammen, sträubte sein Fell und entzog sich, zur Seite ausweichend, blitzschnell ihrer Hand.

Traurig packte sie den Teller ein und schob den Karren an. Auf dem kahlgefegten Hügelkamm war der Pfad kaum sichtbar, aber sie machte sich keine Sorgen um den Weg. Ihr schien nur wichtig, daß der Hund ihr folgte. Immer wieder fürchtete sie, er werde sich anders besinnen und zurückbleiben. Dann warf sie den Kopf herum und suchte ihn in der Dämmerung, aber er zog mit gesenktem Kopf stetig hinter ihr her.

Der Hügelkamm senkte sich und führte zu einem flachen Felsen, der zum Pfad hin steil abbrach. Dort stieß die Alte auf einen Rastplatz des Pilgerzuges aus der Oase. Zwischen trockenem Eselsmist und Eierschalen lagen Melonenkerne verstreut. Sie ließ den Wagen stehen und suchte den Rastplatz ab. Sie mußte sich tief bücken, denn die Dämmerung verdichtete sich. Jemand hatte aus einem halben Brotlaib das Weiche herausgegessen und die Kruste weggeworfen. Die hob sie auf. Eine Orange, durch und durch verfault, ließ sie wieder fallen. Sie entdeckte auch ein zerknittertes Band, vielleicht ein Zopfband, ließ es gedankenvoll durch ihre Hand gleiten und steckte es ein. Der Hund schnüffelte auf dem Platz umher und fand einen ausgedörrten Knochen. Die Alte packte die Kruste in den Kasten, sah dann dem Tier geduldig zu und wartete, bis es fertig war. Mit der Nacht war eine wohlige Kühle gekommen, die erfrischte.

Der Weg führte über den Kamm weiter, er hob und senkte sich sanft. Der Rastplatz versank hinter der Alten in Dunkelheit. Sterne flimmerten auf. Zu beiden Seiten fielen jetzt die Hänge steil ab. Eintönig quietschten die Räder. Die Alte sah sich ab und zu nach dem Hund um. Sie nahm sich vor, bis zum Morgen durchzuwandern, um die verlorene Zeit einzuholen.

Vielleicht werde ich doch schon morgen abend in Tongay ankommen oder die Häuser wenigstens in der Ferne liegen sehen, dachte sie. Das Fest wird schon im Gange sein, aber in den ersten Tagen sind die Leute noch geizig. Ich versäume nicht viel. Auf der Plaza vor der Kirche werde ich die Orgel drehen, und der Hund wird sich nicht mehr vor mir fürchten. Unter den Karren wird er sich legen, wo ihn niemand treten kann. Meine Musik ist gut, sie wird auch ihm gefallen: das Lied, das jeder im Lande kennt. Die Witwe des Grafen Eufém. Wenn er keine Angst mehr hat, werde ich es ihm vorspielen:

Ich bin die Witwe
des Grafen Eufém,
ich will mich verloben
und weiß nicht mit wem!

Lautlos folgte ihr der Hund wie ein Nachtgeist. Blieb sie stehen, hielt er an. Ging sie weiter, zog er ihr nach. So wanderten sie, bis der Kamm sich jäh senkte. Der Hügel schien hier zu enden. Die Alte ließ sich auf die Knie nieder und kroch umher, den Weg zu suchen, rutschte ein Stück den Hang hinab, aber nur so weit, als sie den Umriß des Karrens nicht aus den Augen verlor. Mit der Hand griff sie in einen Haufen strohigen Mists: da mußte der Weg sein. Schritt um Schritt ließ sie den Karren hinabrollen. Der Hang rundete sich zu einer flachen Mulde, die der Weg nach einer scharfen Wendung schnurgerade durchquerte. Die Alte konnte jetzt ihre Gedanken wandern lassen.

Der aus der Dunkelheit heraustrat, das war Carlos, ihr Mann, auf See verschollen, Matrose eines gesunkenen Schiffes. Seit fünfzig Jahren wartete sie auf ihn.

Hinter ihr jaulte der Hund auf, er spürte die Gegenwart des Traumes. Die Alte war jetzt taub. Ihr Körper schob den Karren weiter, aber ihre Gedanken flogen dem Manne entgegen, dem Burschen, der nie gealtert war: und weißt du noch, wie wir uns Nacht für Nacht in den Klippen trafen, fast Kinder noch, bis wir heiraten mußten? Erinnerst du dich noch an den Abschied auf der Mole? Wenn ich wiederkomme, sind wir zu dritt, hast du gesagt. Aber zu dritt waren wir nie, denn du kamst nicht wieder. Frag nicht nach dem Kleinen. Er ist tot. Als er noch nicht ein halbes Jahr alt war, ist er unter den Kissen erstickt, während ich zur Arbeit gegangen war. Er hieß wie du.

Das Band des Pfades verblaßte. Die Alte spürte es bis in ihre Träume hinein, sammelte sich und bannte ihre Aufmerksamkeit auf den Weg. Mit vorgerecktem Kopf stieß sie den Wagen vor sich her.

Aber die Träume schwärmten wieder heran, Brackwasser plätscherte, jemand rief ihn an Bord, er mußte gehen. Sie lief, so unbeholfen sie schon war, am Hafen entlang bis zur Halbinsel und stieg in die Klippen. Dort sah sie seinem Schiff nach, bis es verschwand.

Als ein Rad sich zwischen Steinen verfing, merkte sie, daß sie den Weg verloren hatte. Hastig drehte sie sich um: der Hund war noch da, er hockte nicht weit hinter ihr. Sie ließ die Stange des Wagens los und tastete sich in jener Richtung vor, wo sie den Pfad vermutete. Aber da war nichts um sie als gleichmäßige Dunkelheit, so sehr sie auch suchte. Sie begriff, daß sie auf diese Weise den Weg nicht finden konnte, und entschloß sich, zum Karren zurückzukehren und den Morgen abzuwarten, um sich nicht zu verirren.

Aber sie hatte die Richtung verloren und fand ihn nicht mehr. Der Hund fiel ihr ein. Sie suchte umsonst die Helle seines Fells. Sie lockte ihn und glaubte ihn sich näher zu sehen, aber die Dunkelheit spielte mit ihr.

»Wirst du wohl herkommen, du!« schrie sie. »Du weißt, wo ich bin und wo der

Karren steht, aber du läßt mich allein und sagst kein Wort!«

Sie begann zu frieren. Erschöpft kauerte sie sich nieder, ließ sich gleiten, bald lag sie zusammengerollt, die Arme vor der Brust verschränkt, und versuchte zu schlafen, aber die Traurigkeit hielt sie wach. Sie wünschte den Hund herbei und verwünschte ihn doch zugleich, warf sich auf die andere Seite, aber es half ihr nichts: sie fand keinen Schlaf.

Das wird eine lange Nacht für mich werden, dachte sie und versuchte, irgendwo einen Schein der Morgendämmerung zu entdecken, obwohl sie sehr genau wußte, daß Mitternacht noch nicht vorüber war. Da begegnete ihrem Blick ein schwach schimmernder Fleck, der sich zu bewegen schien. Erst wollte sie ihn hoffnungslos wegleugnen, aber er verdichtete, er näherte sich.

Der Hund! schoß es ihr durch den Kopf. Er kommt, er kommt!

Er kam ihr so nahe, daß sie ihre Hand hätte ausstrecken können, um ihn zu streicheln. Aber sie rührte sich nicht und hielt den Atem an, um ihn nicht zu verscheuchen. Nachdem er sie beschnüffelt hatte, zwängte er sich zwischen ihre angezogenen

Knie und die verschränkten Arme, drehte sich ein paarmal um sich selbst, kuschelte sich an ihren warmen Leib und schlief ein.

Ihr Herz schlug so laut, daß sie fürchtete, das Tier könne davon erwachen. Das hätte ich nicht mehr erwartet, dachte sie. Er hat die Angst verloren. Jetzt liebt er mich. Jetzt gehört er mir!

Das war für sie die schönste Nacht seit jener, in der José geboren wurde, ihr jüngstes Kind. Sie war schon ziemlich alt, als sie ihn empfing. Sie hatte darum gebetet, daß er lange leben möge, und wirklich, er hat alle seine Geschwister um zwei Jahre überlebt.

»Du hättest ihn sehen sollen, er war ein hübscher Junge, zwölf Jahre ist er alt geworden, und alle diese Jahre konnte ich stolz auf ihn sein. Zur Schule habe ich ihn geschickt, er lernte lesen und schreiben! Manchmal hat er mir die Plakate in den Straßen erklärt, und Zeugnisse hat er aus der Schule mit heimgebracht, die hat er mir vorgelesen und hat für mich die Unterschrift daruntergesetzt, denn ich kann ja nicht schreiben ...«

Sie war in lautes Flüstern geraten. Der Hund wurde unruhig. Erschrocken verstummte sie und wartete, bis er wieder schlief, denn sie wollte ihn nicht stören. Als er gleichmäßig atmete, fuhr sie fort: »Sie hatten alle verschiedene Väter, meine Kinder, ja, ich habe viel gesündigt, und ich bin nicht hineingerutscht in die Sünde, wie es eben den jungen Weibchen in unserem Hafen so geht. Ich habe gewußt, was ich tat. Denn siehst du, das kam so, weil von Anfang an das Verhängnis über mir war.«

Die Alte verstummte plötzlich. Sie spürte: etwas hatte sich verändert.

Sie klappte die Lider auf und sah sich fröstelnd um. Milchiger Glanz lag auf der Landschaft. Behutsam drehte sie sich um und erblickte den Mond. Fahl schob er sich empor und ließ den Umriß des Berges aus der Dunkelheit treten.

Sie erinnerte sich daran, daß sie so schnell wie möglich weiterkommen wollte. An den Mond hatte sie nicht mehr gedacht. Tongay war noch fern, sie durfte keine Zeit verlieren. Seufzend erhob sie sich und ließ das Tier auf die Erde hinabgleiten. Nicht weit von ihr stand die Orgel, ein paar Schritte dahinter lief der Pfad vorbei, im Mondschein gut sichtbar.

Nun, da sie die Wärme des Hundes nicht

mehr genoß, fror sie jämmerlich. Sogar der Mond schien Kälte auszuströmen. Eilig trabte sie dahin, zog den flachen Hang hinauf. Ein langgezogener Schatten begleitete sie. Dicht neben ihren Füßen trippelte der Hund mit hängender Zunge. Manchmal blieb sie stehen und bückte sich, um ihn zu streicheln, dann leckte er ihre Hand. Sie wanderten dem Mond entgegen.

Mitternacht strich vorüber, Stunden schmolzen dahin, und als der Mondschatten sich unter die Füße der Alten zurückgezogen hatte, war die Höhe des Berges erreicht. Die Alte stand auf einer Hochfläche, über die der Weg auf eine im Mondschein schimmernde Bergkette zulief. Aus ihr ragte der Vulkan auf. Sie erkannte ihn sofort wieder.

»Jetzt werden wir an eine Schlucht kommen«, sagte sie zu dem Hund, »und die Schlucht mündet in ein Tal, das an dem hohen Berg dort vorbeiläuft. In dem ist Feuer, manchmal schlägt es oben zu einem Loch heraus und spuckt Steine aus und glühenden Brei. Unter uns ist überall Feuer, so hat José in der Schule gelernt. Manchmal wird es so unbändig, daß es die Erde zum Beben bringt. Josés Lehrer hat nichts davon gesagt, daß es das Höllenfeuer ist, aber ich glaube, er wollte die Kinder nur nicht erschrecken, denn wer hätte keine Angst vor der Hölle?«

Der Schatten kroch unter ihren Füßen hervor, sie konnte ihn sehen, wenn sie sich vorneigte. Sie spürte Hunger und Müdigkeit.

Nur nicht anhalten, dachte sie. Weitergehen bis zum Morgen! Jede Stunde Schlaf ist verlorenes Geld.

Die Fläche, über die sie wanderte, bedeckte sich mit münzengehäuften Tellern, die im nächtlichen Glanz blitzten. Sie warf den Kopf zurück, schritt schneller aus und lachte. Die eisige Stunde vor Sonnenaufgang näherte sich.

»Halt noch eine Weile durch, Hund«, flüsterte sie, »bis wir an die Schlucht kommen. In Tongay werden wir genug sitzen, mehr, als uns lieb sein wird.«

Sie ließ ihren Blick auf dem Pelz des Hundes ruhen, dem der Schatten längst vorauseilte. Sie merkte, wie das Tier an Kraft verlor, aber sie erklärte sich seine Schwäche aus dem langen Weg durch die Nacht und den Lauf durch die glühende Wüste am Tage zuvor.

»Wenn wir die Schlucht erreicht haben«,

sagte sie, »bekommst du Fleisch und Wasser, so viel du willst. Alles sollst du bekommen, aber halte aus, ja? Ich habe auch ausgehalten, als beide fort waren, obwohl es mich zum Wasser hingezogen hat, und oft bin ich am Strand entlanggelaufen und habe gedacht: am besten, du gehst ins Meer. Wenn ich betete, spürte ich, daß niemand mir zuhörte.

Eines Tages sagte ich in Gedanken zu meinem Mann: Erlaube mir, daß ich ein Kind habe.

Am nächsten Abend ging ich zur Mole hinunter und holte mir einen Matrosen in meine Hütte. Er wollte mich nachher bezahlen, aber da warf ich ihn hinaus. Von ihm bekam ich eine Tochter. Sechs Jahre lang diente ich bei einem alten Engländer, er erlaubte mir, daß die Kleine bei mir sein durfte, dafür mußte ich mit ihm schlafen. Der Junge, den ich zwei Jahre nach dem Mädchen zur Welt brachte, war blond, und ich nannte ihn Nelson, denn das ist ein englischer Name. Er wurde fünf Jahre alt, und dann starben beide Kinder in einer Nacht an Scharlach.«

Die Alte schwieg und sah auf. Der Vulkan war näher gerückt. Der Karren warf einen langen Schatten. Alles war in weißes Licht getaucht: die Berge ringsum, die Hochfläche, und mitten darauf winzig die Alte mit Karren und Hund.

Als sie einen Augenblick stehenblieb, legte sich der Kleine keuchend nieder. Eine bleierne Müdigkeit quälte auch sie, aber sie hatte sich in den Kopf gesetzt, die Nacht auszunutzen, und so setzte sie wieder einen Schritt vor den anderen. Der Hund erhob sich zitternd und taumelte neben ihr her.

»Du sollst alles bekommen, was du willst, dort oben in Tongay«, sagte die Alte zu ihm. »Wir werden nach dem Fest zwischen den Buden herumwandern, und was du haben willst, das kaufe ich dir.«

Der Weg lief schnurgerade auf die Berge zu.

»Ich verließ den Engländer und trieb mich tagelang am Strand zwischen den Klippen herum«, fuhr die Alte fort, denn sie glaubte, daß sie den Hund durch ihre Geschichte von der Müdigkeit ablenken konnte. »Dort traf ich einen Passagier der Pamela, die damals gerade im Hafen lag. Drei Tage lag sie da, drei Nächte auch, und ich zeigte dem Passagier alle die Buchten und Klippen der Halbinsel. Sein Sohn, Panchito, wurde ein merkwürdiges Kind. Sein Kopf war sehr groß, er lernte nicht sprechen und erschrak nicht, wenn andere Kinder erschrecken. Bei ihm ahnte ich von Anfang an, daß ich ihn wieder hergeben müßte.

Bei dem großen Erdbeben, das San Fernando zerstörte, stürzte eine Mauer über seinem Bett zusammen. Ich selbst wurde verschont. Tage später gruben sie seine Leiche aus dem Schutt.«

Ihre Gedanken zerflatterten. Der Mond war verblaßt, sie konnte ihn nicht mehr finden. Grau ragte ein Steilhang vor ihr auf, der den Vulkan verdeckte.

Sie sah den Hund nicht neben sich und drehte sich um, in der Meinung, er trotte hinter ihr. Aber mit Schrecken stellte sie fest, daß er nicht da war. Sie spähte zurück. Weit hinter sich glaubte sie ihn zu erkennen. Sie ließ die Drehorgel stehen und rannte zurück. Er war es wirklich. Den Kopf auf den Pfoten, sah er sie schuldbewußt an und wedelte mit dem Schwanz.

Ich Närrin, dachte sie. An meine Kinder denke ich, und ihn vergesse ich darüber.

Sie hob ihn auf und wanderte zurück zum Karren. Er ist müde, das ist alles, dachte sie.

Behutsam setzte sie ihn auf den Wagen. Aber er sträubte das Fell, jaulte, klemmte den Schwanz zwischen die Beine und strebte voller Angst von dem quietschenden und wackelnden Gefährt herab. Nach ein paar Schritten sah sie ein, daß es so nicht ging. Sie blieb stehen und überlegte.

Es sieht mich hier ja niemand, dachte sie und zog die Bluse aus. Sie schlang die Ärmel zu einem Knoten und hing sich die Schlinge um den Hals. Es war schwierig, den Hund in dieser Art Hängematte unterzubringen, ohne daß er herausrutschte. Mit dem Band, das sie auf der Raststätte der Pilger gefunden hatte, band sie die Bluse so ab, daß sie zu einem Beutel wurde. Darin wand sich der Hund erst erregt, bis er die Wärme des Körpers spürte und einschlief. So konnte sie ihn weder vergessen noch verlieren. Zärtlich schaute sie auf ihn herab, während ihre Hände die Drehorgel voranstießen. Im Rhythmus ihrer Schritte schaukelte sein Körper hin und her. Noch gebückter als sonst schwankte sie den Pfad entlang und richtete sich ab und zu seufzend auf. Die Schmerzen an den Sohlen ihrer Füße schwelten wieder. Sie begann vor Schwäche zu schwitzen.

»Die Schlucht«, murmelte sie. »Bis dorthin muß ich es noch aushalten ...«

Sie versank wieder in der Vergangenheit, obwohl sie an Tongay zu denken versuchte. Aber in diesen öden Morgenstunden munterte sie nicht einmal der Traum vom Geld auf.

»Das nächste Kind hatte ich mit einem Zimmermann. Julia hieß sie, nach meiner Mutter, neun Jahre wurde sie alt, und ich wich keinen Augenblick von ihr, aber sie schlüpfte mir doch durch die Finger, ohne daß ich sie halten konnte: ein Jahr lang löschte sie langsam aus an der Schwindsucht, und als sie gestorben war, hatte ich nicht mehr viel Hoffnung, noch ein Kind zu bekommen.«

Laut redete sie in die Öde hinein.

»Aber ich wollte es erzwingen, und ich erzwang es auch. Nacht für Nacht schlief ich mit den Eseltreibern, den Straßenkehrern, den Indios, die vom Lande hereinkamen. Denen genügte ich. Und Gott erhörte mich noch einmal, wie er mich immer erhört hatte, wenn ich um ein Kind gebettelt hatte. Das wurde José, das wildeste, kräftigste und gesündeste meiner Kinder, dunkelhäutig, ein Indio. Wie eine Glucke folgte ich ihm auf allen seinen Wegen, aber das machte ihn wütend. Er kniff mir aus, kam oft erst spät in der Nacht heim und kostete mich viel Angst. Immer trieb er sich am Strand zwischen den Klippen herum, zusammen mit den Jungen aus der Nachbarschaft. Dort ertrank er auch, in einer Klippenschlucht. Er war ein guter Schwimmer, aber die Felswände waren wohl zu glatt, er konnte keinen Halt finden. Er muß lange um sein Leben gekämpft haben: seine Hände waren aufgerissen, die Nägel abgebrochen. Sie suchten nach ihm, fanden ihn aber nicht. Da suchte ich selber, und ich fand ihn nach zwei Tagen.

Zwanzig Jahre sind vergangen, seit José gestorben ist. Diese zwanzig Jahre habe ich gelebt wie ein Hund. Ich gab die Hütte auf, denn wozu sollte ich sie noch behalten, wenn ich nur noch für mich allein lebe? Ich brauche ja nur noch Geld zu verdienen für meinen Bauch. Ich warte darauf, daß ich sterben kann. Zwanzig sinnlose Jahre habe ich dahingelebt, von Ort zu Ort, von Fest zu Fest mit dem Leierkasten, nur Körper, und der Körper will was zu fressen haben. Wenn ich nur wüßte, warum der da oben mich nicht sterben läßt? Was hat er mit mir vor?«

Der Pfad verließ die Hochfläche und kroch an einer Senke entlang seitlich am Hang empor. Als die Gipfel der Berge ringsum aufglühten, befand sie sich schon hoch über dem Plateau. Schatten schrumpften in den Tälern zusammen, wurden von spielenden Lichtern verdrängt. Nebel dampften. Der Himmel verwandelte Gold in Blau. In ihm schwebte ein Geier, senkte sich, zog einen lautlosen Kreis über der Alten und flog über die Hochebene davon.

Zwischen Felsen und Geröll stieg der Weg weiter an. Sie mußte Steinen ausweichen oder den Karren anheben. Die gleichmäßigen Schwingungen der Bluse gerieten in Unordnung, der Hund stieß hart gegen den dürren Leib der Alten und jaulte auf. Steil erhoben sich die Hänge zu beiden Seiten. Die Sonne stieg und verdichtete die Schatten, in denen die Alte schritt. Ein schmales Seitental zweigte ab, der Pfad spaltete sich.

Die Alte ließ den Karren stehen und schlurfte ein Wegstück im Tal weiter. Die Spuren waren dürftig, sie verlor sie ab und zu und fand sie wieder, aber sie traute ihnen nicht und kehrte zurück, um das andere Tal zu erforschen. Als sie den Karren erreichte, stieg eben die Sonne über den Kamm des Berges und schleuderte ihr Licht herab auf die Alte, die erschrocken stehen blieb und ihre Blöße mit den Armen bedeckte, denn ihr war, als sähe jemand sie an. Sie blinzelte in die Höhe, in die glühende Kugel hinein, ließ die Arme sinken und lächelte.

Dann aber fiel ihr ein, daß es nun sehr bald wieder heiß werden würde. Sie wollte den Hund neben dem Karren ablegen, um schneller wieder zurück zu sein, aber er spürte es und winselte. So ließ sie ihn hängen, obwohl sein Gewicht ihren Nacken krümmte.

Sie verfolgte das zweite Seitental. Es verengte sich. Die Spuren waren kräftig, sie fand sogar einen Haufen Eselsmist, den der Wind noch nicht verweht hatte. Sie kehrte um, holte den Wagen und strebte eilig der Schlucht entgegen, die sie am Ende dieses Tales witterte. Schon wurde die Sonne lästig. Schweiß rann den bloßen Rücken hinab. Ächzend warf sie den Nacken zurück, blieb stehen und schob den Hund in der Bluse auf den Rücken. Nun wippte und schaukelte er nicht mehr und trug sich leichter.

Weiter mahlten die Räder durch den Sand, bis nach einer Talbiegung der Cañon auftauchte. Die Hänge verwandelten sich in Felsen, die nur eine schmale Gasse zwischen sich ließen, eben breit genug für einen Fluß, den es nicht gab.

Die letzten Schritte bis zum Eingang des Cañons wurden ihr so schwer, daß sie weder zu sprechen noch sich umzusehen wagte, um nicht in ihrer Müdigkeit unterzugehen. Endlich umfing der Felsenschatten ihre Schultern. Mit letzter Kraft zwang sie sich, ihren Leib nicht in diese Kühle hineinfallen zu lassen, sondern eine breite Spalte in der Felswand zu suchen, in der sie mit Hund und Wagen Platz fand. Es fiel ihr schwer, die verkrallten Finger von der Stange des Karrens zu lösen. Ächzend schob sie den Hund vom Rücken auf die Brust, legte ihre Arme um ihn, sank seitlich nieder und schlief sofort ein.

Ihr träumte nichts als eine gleichmäßige Kühle ohne Erinnerung, ohne Hoffnung.

Sie erwachte davon, daß der Hund sich in ihren Armen wand. Noch trunken vor Müdigkeit wickelte sie ihn aus der Bluse, streichelte ihn und blinzelte geblendet aus dem Spalt hinaus in die Schlucht, wo schwefelgelbe Mittagshitze waberte. Sie fröstelte und zog sich die Bluse über, dann wollte sie sich wieder zurückfallen lassen, um weiterzuschlafen, aber das Tier beruhigte sich nicht. Die Wunde in der Augenhöhle war angeschwollen.

Sie wühlte Flasche und Teller aus dem Kasten. Der Hund trank in kurzen, schnellen Zügen, rollte sich darauf zusammen und döste erschöpft vor sich hin. Sie selbst nahm einen Schluck, einen einzigen Schluck, riß fast gewaltsam die Flasche von ihren Lippen und verschloß sie wieder sorgsam. Von dem Fleischfetzen riß sie die Hälfte mit den Zähnen ab und legte sie vor dem Hund auf den Teller.

»Warum frißt du nicht?« fragte die Alte vorwurfsvoll. »Wer nicht frißt, der stirbt. Der Körper muß gefüttert werden.«

Müde sah er sie an, und als sie ihm das Fleisch ins Maul schieben wollte, begann er zu knurren. Sie kämpfte die Angst nieder und dachte: Es wird von der Müdigkeit kommen. Ich werde das Fleisch neben ihm stehen lassen. Er wird schon Hunger bekommen.

Sie holte den Brotkanten heraus, den sie auf dem Rastplatz gefunden hatte, und auch den Käse. Es war wunderbar, wieder etwas im Munde zu spüren, etwas zu kauen. Aber sie hatte Sorge um den Hund. Unruhig betrachtete sie ihn, während sie aß, und verscheuchte düstere Ahnungen. Darüber schlief sie ein.

Erst am späten Nachmittag erwachte sie wieder, als die Sonne schon längst über die Schlucht gewandert war. Undeutlich erinnerte sie sich an den Traum: durch schwarzen Schlamm war sie gewatet, durch Morast, der sie hinabsaugen wollte. Der Wagen war steckengeblieben, aber den Hund hatte sie auf den Armen getragen, er war unbeschadet und gesund geblieben, und in der feuchten Düsterkeit des Traumes hatte sein Fell weithin geleuchtet.

Aber als sie die Augen aufschlug, lag das Fleisch immer noch unberührt neben dem Kopf des Hundes. Sein Atem ging stoßweise. Sie griff nach seiner Nase: sie war trokken und heiß.

Ja, er ist krank, dachte sie und ließ den Kopf sinken.

Langsam erhob sie sich und trat hinaus in die Schlucht. Der Cañon hatte sich mit großen Schatten gefüllt, sie krochen an der einen Wand empor, während die andere längst in Dunkelheit lag. Sie warf sich vor, zu lange geschlafen zu haben, kroch zurück in den Spalt, räumte alles eilig in den Kasten, schob den Wagen an dem Hund vorbei ins Freie und kehrte zurück, um den Hund zu holen, der ihr mit schwachem Schwanzgewedel nachgekrochen kam. Sie bettete ihn in die Bluse, warf noch einen Blick zurück, um sich zu überzeugen, daß sie nichts vergessen hatte, und machte sich auf den Weg.

Der Lärm der Räder hallte zwischen den Wänden. Mitten über einen Rastplatz der Pilger führte der Weg, aber sie hielt sich nicht auf, denn es tat ihr leid um die Kühle, die sie schon verschlafen hatte. Mit gesenktem Kopf wanderte sie aus der Schlucht heraus. Als plötzlich die Sonne auf sie fiel, hob sie erstaunt den Blick. Ihre Augen wurden groß.

Da thronte der riesige Berg, der Feuer speien konnte, in aller Herrlichkeit vor ihr, so nah! Rings um seine Hänge erhoben sich andere Kegel, aber keiner der kleineren Vulkane konnte sich mit ihm messen. Steil stieg er auf aus schwarzem Grund, von Schründen zerrissen. An seinen Hängen verwandelte sich die dumpfe Schwärze in Rostrot und Dunkelbraun und ein spitzes Gelb bis hin zum Gipfel. Zwischen ihm und ihr floß ein breites Tal.

Noch nie hatte die Alte eine solche Landschaft gesehen. Sie stand und staunte. Nackt lag der Talgrund da, übersät von bizarr geformten Lavabrocken. Weiter ostwärts wurde er durch eine mächtige schwarze Mauer abgeriegelt.

Sie löste die Hände von der Stange, schob die Bluse vom Gesicht des Hundes fort und sagte: »Siehst du, da ist der Berg, den wir schon von weitem gesehen haben. Erinnerst du dich? Da sind die Steine, die er ausgespuckt hat, und die schwarze Mauer ist der Brei, der aus seinem Schlund geflossen ist. Aber die Leute im Ort haben gesagt, daß er schon viele Jahre nicht mehr gespuckt hat. Wir können ruhig an ihm vorüberziehen, er tut uns nichts.«

Sie zog die Bluse wieder über sein Auge, bevor sie den Weg fortsetzte. In großem

Bogen umzog das Tal die westliche Seite des Vulkans und verschwand dann zwischen den Bergen.

Sie versuchte, sich zu erinnern, was man ihr in der Oase über den Weg gesagt hatte. Überquerte er das Tal und lief auf dem Hang des Vulkans weiter oder folgte er dem Tale?

Der Pfad führte steil hinunter. Sie mußte sich weit zurücklehnen, um den Karren halten zu können. Schritt für Schritt ließ sie ihn hinabgleiten. Der Hund schien aufzuleben, er kratzte und wühlte, daß sie ab und zu stehenbleiben und die Bluse wieder um ihn legen mußte. Sie eilte sich, so sehr sie konnte, und hoffte doch noch, am Abend des kommenden Tages in Tongay zu sein. Keine wunden Füße, kein Schmerz im Nacken störte sie mehr. Der Boden war hart und gab den Rädern Halt. Hin und wieder hob sie den Kopf und staunte den Vulkan mit offenem Munde an.

Allmählich legte sich der Abendglanz auf die Berge. Die Steine warfen lange Schatten auf den Grund. Der Schatten der Alten bewegte sich winzig zwischen ihnen dahin. Sie konnte den Pfad gut erkennen, denn auch in den Spuren der Eselshufe lagen harte Schatten. Er lief auf die Lavamauer zu. Hinter der Alten hatte die Dämmerung schon den Ausgang des Cañons erreicht. Der Schatten der Berge wuchs in das Tal hinein.

Sie wandte sich um und sah die Sonne versinken. Der Himmel flammte auf, Federwölkchen glühten gelb, violette Schleier spielten darüber. Sie staunte hinein.

»Das mußt du auch sehen«, flüsterte sie und schob die Bluse zur Seite. Erst als ihr ein Frösteln den bloßen Rücken herabrieselte, kehrte ihr Blick in das Tal zurück. Sie sah, daß sie schon tief im Schatten stand, und schob den Wagen eilig an. Aber ihr Blick wurde von neuem hochgezogen: über ihr glühten jetzt die Hänge des Vulkans im Abendschein auf, es war wieder, als glimme von innen her das unterirdische Feuer, als fresse sich die Höllenglut durch die Wände, und doch spiegelte sich nur der Schein des Himmels auf ihnen.

Sie fürchtete sich vor dem Vulkan. Langsam versank er in Dunkelheit. Als nur noch seine gewaltige Silhouette vor ihr aufragte, war alle ihre Gefaßtheit, ihre Ruhe dahin. In ihrer Angst achtete sie kaum auf den Pfad, der sich in der Dämmerung nicht mehr vom Grunde abhob, und fuhr blindlings durch die gespenstischen Steinbrokken auf die Mauer zu.

Dort hielt sie an. Eine Stille, dickflüssig wie Schlamm, schob sich von allen Seiten auf sie zu. Die Mauer war hoch wie ein kleiner Hügel, viel höher, als sie von weitem erschienen war. Ratlos schaute sich die Alte um: der Pfad war ihr abhanden gekommen.

Was liegt schon dran, dachte sie. Ich kann mich ja nicht mehr verirren, denn hier ist der Berg, und hinter ihm liegt Tongay. Bis morgen früh werde ich ihn halb umwandert haben, und dann muß ich wieder auf den Pfad stoßen.

Sie stemmte sich gegen den Karren, dem Lärm dankbar, der die Stille zerriß. Sie karrte an der Mauer entlang und suchte nach einer Lücke. Ein schmales Tal führte steil in die Lava hinein. Sie mußte klettern. Das war kein Weg für den Karren. Sie nahm die Flasche heraus und band sie wieder in ihren Rock, schob den Hund auf ihren Rücken und mühte den Wagen über die Brocken.

Aber nach einer Weile blieb sie stehen: Was sie da tat, war sinnlos. Hier war nie eine Pilgerkarawane durchgezogen, hier konnte nur jemand passieren, der die Beine von Bergziegen besaß.

Schweißüberströmt schaffte sie den Karren wieder über die Steine zurück und hinunter ins Tal. Nach einem Paß ausspähend, wanderte sie an der Mauer entlang und näherte sich nur widerwillig dem Hang des Vulkans. Noch einmal versuchte sie, in die Lava einzudringen, aber im Gewirr der Brocken stolperte sie, der Wagen stürzte. Sie fiel halb auf den Hund, der laut aufjaulte. Der Deckel des Kastens sprang auf, alles rollte heraus. Sie kroch herum und tastete, sammelte wieder ein und kehrte ins Tal zurück.

Als sie den Fuß des Vulkans erreicht hatte, ohne einen Durchgang gefunden zu haben, war die Nacht angebrochen. Furchtsam erklomm sie noch ein Stück seines Hanges, bis es so finster geworden war, daß sie nicht einmal mehr das helle Tal unter sich erkennen konnte. Vor den Karren gespannt, stolperte sie empor. Loses Gestein bröckelte unter ihren Füßen weg und rollte schnarrend wie ausgeglühte Kohle zu Tal. Nach einer Stunde gab sie auf.

»Es hat keinen Zweck, so im Finsteren

weiterzutappen«, sagte sie zu dem Hund. »Wir müssen warten, bis der Mond aufgeht.«

Voller Furcht hockte sie sich dicht neben dem Wagen in die Lava und bettete den schnaufenden Hund in ihren Schoß. Das Tier winselte leise vor sich hin.

»Fürchte dich nicht«, flüsterte sie. »Der Berg wird uns nicht verbrennen. Wir wollen Musik machen, bis der Mond kommt.«

Sie tastete nach der Kurbel der Drehorgel, und kaum erlauschte sie den ersten der vertrauten Töne, fürchtete sie sich nicht mehr. Die Stille schluckte die Melodie auf, aber die Alte saß neben der Drehorgel und hörte sie so nah wie eh und je.

»Schön ist das Lied, nicht wahr?« sagte sie, als es zu Ende war. Sie küßte den Hund auf den Kopf, aber er rührte sich kaum. Ihr wurde kalt, sie zog die Bluse an. Während sie frierend in die Dunkelheit starrte, kam die Angst wieder auf sie zugekrochen, und sie griff noch einmal nach der Kurbel. Erst leierte sie hastig, aber je näher sie dem Ende des Liedes kam, um so langsamer drehte sie. Nachdem der Schluß nicht länger hinauszuzögern war, begann sie von vorn.

Lachende Bilder zogen an ihren Augen

vorüber, Geschrei und Gesang. Ein Strauß Luftballons schwebte vorbei, bunte Röcke, Karussells pluderten sich auf, Fahnen flatterten längs des Strandes, über blumengeschmückte Straßen kroch der Festzug, Äffchen sprangen an Ketten, Zauberer schwangen bunte Tücher, es wimmelte auf dem Markt.

Aber als die Drehorgel verstummte, ertrank alles in der Finsternis, und das Feuer bewegte sich im Berg.

Noch einmal!

Tongay tauchte vor ihr auf, eine märchenhafte Kirche in Grün und Gold, und eben trug man auf schimmerndem Thronsessel, unter purpurnem Baldachin, die Allerheiligste Jungfrau auf den Platz hinaus, ein Blumenregen sank auf sie nieder, das Volk jubelte, und das alles geschah zur Musik der Drehorgel.

Immer wieder begann sie von vorn, bis ihr Arm erlahmte. Sie drehte mit dem anderen weiter. Erschöpft sank sie schließlich zurück und schlief ein.

So lag sie die ganze Nacht und schlief und merkte nicht, wie der Mond aufging und über den Himmel zog. Sein Licht flutete über die verstummte Drehorgel, über die Alte und den Hund und warf Glanz und Schatten rings auf die Hügel um den Vulkan.

Erst als der Morgen hinter dem Berg dämmerte, richtete sich die Alte verwirrt auf, schaute sich um und fand sich wieder auf dem Hang des Feuerberges, den sie in ihren Träumen längst verlassen hatte. Mit Schrecken merkte sie, daß sie die ganze Nacht verschlafen und verloren hatte.

Vorsichtig löste sie sich von dem Hunde, der noch schlief, und stand auf. Sie zog die Bluse aus, bettete den Hund darein und schob davon. Ahnungslos, daß der Pfad ein kleines Stück über ihr den Hang entlanglief, quälte sie sich in den erstarrten Lavastrom hinein. Ihre Lippen waren so aufgesprungen, daß jede Bewegung des Mundes sie schmerzte. Sie hatte keinen Blick mehr übrig für die Wolken, die im östlichen Himmel aufleuchteten. Mit trüben, rotgeränderten Augen starrte sie geradeaus in die Richtung, die sie eingeschlagen hatte. Sie erkletterte mit vieler Mühe einen Hügelkamm. Aber was sie von dort oben sah, war nicht ermutigend: säulenartige Schlacken türmten sich vor ihr auf und bildeten seltsame Figuren.

Längst waren die Wolken wieder verblaßt und zogen eintönig weiß unter dem Himmel dahin, und der Karren rumpelte jammernd über die Lava. Manchmal fiel er allein, manchmal fiel sie mit ihm, schrammte die Haut ihres halbnackten Körpers und sammelte Schmerzen. Immer langsamer kam sie voran, und als sie sich mitten zwischen den Lavasäulen befand, stürzte sich die Sonne, die sich über den Rand des Vulkans geschoben hatte, auf sie. Nun würde auch gleich die Hitze über sie herfallen!

Sie ließ sich in den Schatten einer Säule sinken, preßte den Hund an sich und heulte wie ein Tier, bis sie sich in trockenem Schluchzen erschöpfte.

Über dem Gestein kreiste ein großer Vogel, senkte sich, hing bewegungslos im blendenden Glanz des Himmels, hob sich wieder und strich über den Hang davon. Die Alte saß wie versteinert an den Fels gelehnt und starrte auf den Hund, der schlaff in ihren Armen lag und keuchte. Plötzlich umschlang sie ihn zärtlich, bettete ihn neben sich, kramte Fleisch, Brot und Käse aus dem Kasten und zog die Flasche aus dem Rock. Nur noch ein Viertel des Wassers blieb zurück. Sie hielt dem Hund den Teller unter die Schnauze, aber er wollte nicht mehr trinken. Teilnahmslos lag er da, und es gelang ihm nicht einmal mehr, sein eines Auge auf sie zu richten und mit dem Schwanz zu wedeln, als sie ihn streichelte.

In ihrer Angst nahm sie ein Stück Brot, kaute es und spie es in die geöffnete Hand, die sie ihm an die Lippen hielt. Aber er fraß nichts. Ratlos und verzweifelt beugte sie sich über ihn und vergaß darüber ihren eigenen Hunger.

Plötzlich begann er sich in furchtbarem Krampf zu krümmen und jammervoll zu stöhnen. Die Alte hob die Hände schützend über ihn und stammelte: »Laß ihn leben, Herr, laß ihn mir, er ist der Letzte, ich bitte dich, Herr, laß ihn mir, sei gnädig, ich bitte dich ...«

Der Hund hörte nicht auf, sich zu winden, Schaum trat ihm aus dem Maul. »Herr«, sagte sie da entschlossen, »wenn du ihn mir läßt, will ich alles Geld, das ich dort oben verdiene, deiner Mutter schenken, wenn das Fest zu Ende ist.«

Dieses Gelöbnis war so gewaltig, daß sie nach Atem rang, nachdem sie es ausgesprochen hatte. Sie staunte in sich hinein. Lava und Wüstenhügel drehten sich um sie.

Der Anfall ließ fast augenblicklich nach, der Hund beruhigte sich. Erschöpft schlief er ein. Sie streichelte ihn glücklich, und er klopfte dankbar mit dem Schwanz.

Bei dem Letzten hat er sich erbarmt, dachte sie.

Sie schlürfte den Teller aus und schob, gierig wie ein Tier, Brot, Käse und Fleisch in den Mund, aber noch während sie mit vollen Backen kaute, warf sie einen schuldbewußten Blick auf den Hund, würgte den letzten Bissen herunter und packte ein, was übriggeblieben war.

Als sie aus dem schrägen Schatten der Säule hervortrat, fühlte sie sich wieder stark. Stunde um Stunde quälte sie sich weiter durch das Gestein und die pralle Sonne, ohne zu ahnen, daß der Saumpfad nicht mehr als hundert Schritte hangaufwärts entlangführte. Sengende Glut lag auf dem Hang und prallte auf ihren bloßen Rücken. Die Haut über den Schultern platzte auf. Halb rutschte, halb fiel sie die letzte Erhebung des Lavagürtels herunter, stand mit zitternden Knien wieder auf dem bloßen Hang und schaute sich um.

Im schrägen Licht der Nachmittagssonne sah sie den Pfad ein Stück über sich vorbeilaufen. Die Hufspuren des Pilgerzuges hoben sich von dem glatten Boden deutlich ab. Sie stolperte zu ihm hin, ließ den Wagen auf ihm stehen, verfolgte ihn ein paar Schritte rückwärts bis in das Gestein hinein und brach in ein trauriges Gelächter aus, das heißer Wind ihr vom Munde riß: das war der Pfad durch die Lava, den sie verfehlt hatte, ein königlicher Weg im Vergleich zu dem, den sie hinter sich hatte!

Sie trottete müde zum Karren zurück und überlegte, wie weit sie schon gekommen wäre, wenn sie den Pfad nicht verloren hätte. Während sie das Gefährt weiterschob, betrachtete sie den Hund in der Bluse. Er lag so, daß seine leere Augenhöhle sie anglotzte, noch stärker angeschwollen als am vergangenen Tag. Der ganze Kopf schien verquollen, das Maul verzerrt. Sie spürte kaum mehr eine Bewegung an ihm. Wieder fuhr die Angst in sie und trieb sie an. Sie stolperte über den flachen Hang. Neben einer riesigen Lavasäule hatten die Pilger gerastet. Sie bemerkte es nicht.

In Tongay sein, dachte sie. Nicht mehr allein sein. Bald werde ich zu dir sagen: schau, Hund, dort oben steht die Kirche von Tongay.

Der Weg löste sich vom Berg, er lief hinab in eine etwas tiefer gelegene Senke, aus der das Tal entsprang, und durchquerte sie. Die harte Lavakruste ging in Staub über. In der Senke tanzten Staubsäulen. Hoch trieb der Wind den Staub und peitschte ihn der Alten ins Gesicht. Jenseits der Senke schlängelte sich der Weg in Serpentinen empor. Die Räder sanken tief ein. Fluchend rüttelte die Alte am Karren, der sich festgefahren hatte, riß ihn weiter und mühte ihn bergauf, nahm Schleife um Schleife, bis sie plötzlich wieder das furchtbare Zucken des Hundes spürte. Sie blieb stehen und beugte sich über ihn: der armselige Körper, nur noch Haut und Knochen in einem grauweißen, zerzausten Fell, krümmte sich unter unsichtbaren Krallen, bäumte sich auf und stieß einen Laut aus, der fast menschlich klang: Der Schrei eines gequälten Kindes.

Sie ließ den Wagen stehen, wo er stand, rannte hangaufwärts, fiel, rannte weiter, die Krämpfe, die in dem kleinen Körper wüteten, bis in das Herz hinein spürend. Aber ebenso unvermittelt, wie sie gekommen waren, ließen sie nach. Sie fühlte den Hund in ihren Händen still werden. Dann stand sie auf der Höhe und sah nicht die Sonne, die als dunkelroter Ball im Dunst der Ferne hing. Sie sah in die entgegengesetzte Richtung, und da lag Tongay.

Auf einem Hügelrücken scharte sich der kleine, lehmfarbene Ort um eine mächtige Kirche. Eine knappe Stunde brauchte sie wohl noch, um ihn zu erreichen, denn zwischen ihr und dem Ort dehnte sich eine wellige Wüste, aber ihr schien er so wunderbar nahe, daß sie meinte, nun sei alles gewonnen. In ihrer Freude vergaß sie, daß der Hund starb, sie hob ihn aus der Bluse, nahm ihn auf den Arm wie ein Kind und deutete aufgeregt.

»Wie schön Tongay ist, schau nur, und wie nahe!«

Aber der Hund hörte sie nicht mehr. Kopf und Glieder hingen schlaff herab. Da begann sie zu laufen, den Blick auf Tongay gerichtet, ohne sich noch an den Pfad zu halten. Ihr Schatten schien fast den Hügel zu berühren, auf dem Tongay lag. Der Wind hatte zugenommen. Er wirbelte den Sand in rosigen Wolken auf und trieb ihn vor das Bild von Tongay. Sand nadelte in die wunden Schultern, Sand setzte sich in den Pelz des sterbenden Hundes, durch stäubenden Sand hastete sie gespenstisch dahin. Die Sonne versank, die Dämmerung kroch violett hinter den Hügeln hervor und schluckte ihren Schatten. Sie dachte nicht an den Wagen, den sie verlassen, und das Geld, das sie zu opfern hatte. Sie spürte keinen Atemzug, keine Bewegung des Hundes mehr, sie klammerte sich nur an die Wärme, die sein Körper noch barg. Verzweifelt stürmte sie weiter, bis sie, schon in tiefer Dämmerung, erkannte, daß der Hund tot war.

Sie blieb stehen, die Hände noch immer um das Tier gespreizt. Der Sturm hatte sich gelegt. Zwei Geier strichen heran, kreisten mit lautlosem Flügelschlag über der Alten und flogen dann gemächlich in die Wüste hinein. Sie wickelte den toten Hund aus der Bluse und legte ihn vor sich auf die Erde. Schlaff baumelte die Bluse vor ihrer Brust, eine leere Hülle. Sie setzte sich neben der Leiche nieder.

»Habe ich dich nicht angebettelt, mir diesen Hund zu lassen?« fragte sie laut. »Was hätte es dich denn gekostet, Herr, ihn gesund zu machen? Und ich wollte es nicht einmal umsonst haben. – Jedesmal, wenn ich etwas lieb habe, bringst du es um. Aber jetzt werde ich mich rächen an dir, und es wird mir nicht leid tun!«

In der Dunkelheit erhob sie sich schwerfällig vom Boden und nahm den Hut ab. Unschlüssig stand sie und grübelte, dann bückte sie sich, legte den Hut nieder und grub mit bloßen Händen eine flache Mulde. Darein bettete sie den Hund. Sie füllte den Hut mit Sand und leerte ihn über dem Toten aus, bis er allmählich unter einem Sandhügel verschwand.

Als ihr der Hügel hoch genug erschien, klopfte sie den Hut aus und setzte sich neben dem Grab nieder. Mit untergeschlagenen Beinen saß sie Stunde um Stunde, und ihr Kopf sank vor Schwäche immer tiefer, bis er auf ihren Knien ruhte.

Ich will bei ihm bleiben, bis der Mond aufgeht, dachte sie. Er soll sich nicht fürchten müssen so allein.

Als der Mond über die Hügel stieg, erhob sie sich, steif vor Kälte, nahm den Hut und schlich sich leise vom Grabe fort. Sie dachte an ihr jüngstes Kind, das nur hatte einschlafen wollen, wenn sie, die Mutter, am Bettrand saß.

Sie ließ die Lichter Tongays hinter sich und trottete gebeugt in die Richtung, aus der sie gekommen war. Im Mondschein fand sie den Pfad wieder. Als sie an der Stelle stand, von der aus sie vor ein paar Stunden zum ersten Male Tongay erblickt hatte, sah sie nicht einmal zurück. Sie stolperte die Serpentinen hinab. Der Vulkan vor ihr schreckte sie nicht mehr. Die Senke schimmerte im Mondlicht. Immer noch hing die Bluse zusammengeknotet um ihren Nacken. Sie taumelte mit bloßem Rükken dahin und merkte es nicht. Ihre Hände, die fast drei Tage lang etwas umkrampft hatten, krallten sich in den Hut.

Die Drehorgel stand noch dort, wo sie sie verlassen hatte: hart am Abgrund. Die Alte trat an sie heran und öffnete den Deckel. Da war das Stück vertrockneten Brotes. Sie warf es hinter sich und lauschte dem Aufschlag. Klappernd verschwand der Teller in der Tiefe. Den Käse trat sie in den Sand, ebenso den Rest des Fleisches. Lachend ergriff sie die Flasche am Hals und schmetterte sie gegen die eisenbeschlagene Kante des Karrens, daß sie in Scherben sprang und die letzten Wassertropfen hoch aufspritzten.

Der Wagen war leer. Sie schloß den Deckel und strich einmal ganz langsam über ihn hin. Der Fleck fiel ihr ins Auge, um dessentwillen sie damals vor zehn Jahren den Karren etwas billiger hatte einhandeln können. Und dort an der Kante die Narbe im Holz stammte von dem Stein eines Gassenjungen. Auf der Vorderseite der Drehorgel hatte jemand mit einem Nagel ein schiefes Herz eingeritzt mit einem Pfeil, der breit war wie ein Schwert.

Sie zog die Hand von ihr ab und trat gegen ihre Seitenwand. Die Drehorgel kippte und stürzte laut polternd den Abhang hinunter. Kurz bevor sie in einer Falte des Hanges liegenblieb, jammerte noch einmal die Musik auf, dann wurde es still.

Jetzt starrte die Alte in die Senke hinab. Dort unten wollte sie bleiben. Sie knotete die Bluse auf und zog sie über. Das Band warf sie fort, auch den Halsbeutel und den Hut schleuderte sie von sich. Sie schwankte die Serpentinen hinab wie im Rausch, bis sie die Senke erreicht hatte. Dort torkelte sie noch ein paar Schritte auf den Vulkan zu, dann legte sie sich nieder.

Der Mond stand über ihr. Wenn sie die Lider aufschlug, konnte sie mitten in sein sanftes Licht schauen. Sie schloß die Augen und wollte schlafen, aber nun, da es nichts mehr gab, um das sie sich hätte kümmern müssen, und mit der Befriedigung, ihren Tod ertrotzt zu haben, fand sie keinen Schlaf. Sie wälzte sich hin und her und krümmte sich in der nächtlichen Kühle zusammen. Der Mond verblaßte, und sie dämmerte dahin bis zum Morgengrauen.

Mit der Sonne kamen auch die Vögel.

Erst waren es zwei, die über der Alten kreisten. Die Flügel gespreizt, schwebten sie immer tiefer, bis ihre Füße den Boden streiften. Sie hüpften ein paar Schritte über die Erde, die Schwingen wirbelten Sand auf, und dann waren sie gelandet. In gemessenem Abstand hockten sie sich nieder. Ihre nackten Hälse zuckten, den kalten Augen entging nicht die geringste Bewegung der Alten, nicht einmal ihr Herzschlag. Andere Vögel kamen, kreisten und ließen sich nicht weit von ihnen nieder, es war, als spräche es sich in der Luft herum, daß hier etwas zu erwarten war.

Bald sah sich die Alte von einem Schwarm von Geiern umringt. Allmählich verengte sich der Kreis, bewegte sich langsam auf sie zu, in winzigen Schrittchen, und erwartete gelassen ihren Tod.

Sie sah, was sich ihr näherte, aber sie floh nicht. Sie nahm die Vögel an, denn sie suchte ja den Tod, und ihr graute nicht einmal. Sie schloß wieder die Augen, und als die Sonne höher stieg und die Senke erhitzte, verlor sie endlich das Bewußtsein.

Aus wohligem Dämmerschlaf hob sie die Lider und merkte, daß sie noch lebte und daß dieser Mann, der sich über sie beugte, ein gewöhnlicher Mensch war aus dem Leben, das sie kannte. Alles in ihr sträubte sich gegen ihn, der sich nun aufrichtete und sie mit gutmütigen Augen betrachtete: Ein Mann, weder jung noch alt, mit breitem Indiogesicht und einem Anzug, wie ihn die Armen an Festtagen tragen. Sie rührte sich nicht. Aus halbgeschlossenen Augen starrte sie ihn an.

»Endlich bist du erwacht«, sagte er sanft. »Es hat lange gedauert.«

Sie schwieg.

»Wenn du dich beeilst, kannst du zum Ende des Festes wieder auf den Beinen sein, denn du bist doch sicher nach Tongay gekommen, um das Fest zu sehen.«

»Nein«, murmelte die Alte.

»Eben haben sie die neuen Pilgerfahnen zur Weihe in die Kirche getragen. Hast du die Pilger singen hören? Es war ein langer Zug.«

Die Alte drehte den Kopf zur Wand.

Die Sonne hat sie lange genug beschienen dort unten, dachte der Mann, es wäre kein Wunder, wenn die sie verrückt gemacht hätte.

Er ging hinaus und kehrte mit einem Becher zurück, setzte sich neben sie, legte seinen linken Arm unter ihren Kopf, stützte sie und hielt mit dem rechten den Becher an ihre Lippen.

»Es ist gute Hühnerbrühe«, sagte er. »Sie wird dich rasch auf die Beine bringen.«

Die Alte hob mit großer Mühe die Hand und schlug den Becher fort, daß die Brühe sich über Bluse und Bett ergoß. Darauf wurde sie wieder ohnmächtig.

Der Mann betrachtete sie erstaunt, ging hinaus und kehrte mit einer Frau wieder, einer dicken Mestizin.

»Ich würde mir mit ihr keine solche Mühe geben«, sagte sie. »Was hast du denn davon? Wenn sie dir den Becher aus der Hand schlägt, so ist es ein Zeichen, daß sie nichts haben will.«

Der Mann schwieg.

»Vielleicht hat sie es auch satt«, fuhr die Frau fort. »Laß sie sterben. Sicher tust du ihr nur einen Gefallen damit. Schau sie dir an, sie ist ja schon alt, der wirst du das Leben mit deiner Barmherzigkeit nicht mehr sehr verlängern.«

Der Mann setzte sich auf die Bettkante und hielt den frischgefüllten Becher mit beiden Händen fest.

»Stütz ihr den Kopf hoch«, befahl er der Dicken.

Die Kiefern der Alten klafften auseinander. Schluck um Schluck träufelte er ihr in den Mund. Sie wußte nicht, was mit ihr vorging, und schluckte.

»Wenn sie bis heute abend wieder zu sich gekommen ist, kann sie vielleicht schon etwas essen«, sagte der Mann. Die Dicke ließ den Kopf der Alten sinken und verließ achselzuckend die Hütte. Der Mann aber blieb auf dem Bettrand sitzen.

»Wach auf«, flüsterte er.

Die Alte warf den Kopf hin und her und seufzte. Schweißperlen traten ihr auf die Stirn.

»Wie heißt du?« fragte der Mann eindringlich.

Die Alte lag wieder bewegungslos, aber die faltigen Lider hoben sich. Sie sah ihn an. »Tomása Mantóya«, murmelte sie.

»Und woher kommst du?«

»Aus San Fernando de la Costa.«

»Du mußt eine große Bitte auf dem Herzen gehabt haben«, sagte der Mann erstaunt, »daß du von so weit her der Madonna eine Pilgerreise versprochen hast.«

Die Alte verzerrte höhnisch das Gesicht.

»Aber du siehst ja, daß sie dir gnädig ist«, fuhr er fort, »denn hätte sie dich sonst durch mich erretten lassen?«

Haßerfüllt starrte ihn die Alte an.

»Nicht dich, sondern die Vögel sah ich zuerst. Ich dachte, es sei ein Tier, ein Hund vielleicht, der sich in der Wüste verirrt hatte. Daß du noch nicht tot warst, konnte ich an den Vögeln erkennen. Als ich näher kam, ließen sie sich kaum verscheuchen. Am schwierigsten war es, dich den Hang hinaufzuschaffen. Ich hatte dich auf meinen Esel gebunden. Aber was ich dich fragen wollte: auf dem Pfad in den Serpentinen fand ich einen Strohhut, ein Stück weiter oben Flaschenscherben und einen Kanten Brot. Gehörte das alles dir?«

»Nein«, murmelte die Alte.

»Das dachte ich mir. Ich hätte es mir sonst auch nicht zusammenreimen können, wie diese Dinge dorthin geraten konnten, denn du kamst doch von unten. Welchen

Grund hättest du haben sollen, wieder in die Senke zurückzukehren, wenn du schon fast in Tongay gewesen wärst? Wer aber hat dann diese Dinge verloren? Es sah aus, als ob sie jemand fortgeschleudert hätte ...«

Die Alte schwieg mit unbewegtem Gesicht.

»Und dann«, fuhr der Mann fort, »hatte da jemand etwas hinabgestürzt, es muß ein kleiner Wagen gewesen sein. Ich sah es erst, als ich viel zu weit oben war, um wieder hinabzusteigen. Auf dem Hang lag noch ein Rad. Aber kein Mensch weit und breit, nur du. Haben sie dich etwa überfallen?«

»Ich hatte nicht mehr bei mir als das, was du bei mir fandest«, antwortete die Alte.

»Ich fand nicht einmal eine Flasche bei dir«, entgegnete er ungläubig. »Wie hättest du denn ohne Wasser bis hinter den Vulkan gelangen können, den weiten Weg von der Oase herauf?«

Die Alte merkte, daß sie sich immer mehr in Lügen verstrickte. Heftig antwortete sie: »Ich habe alles aufgegessen, was ich mitgenommen hatte, und die Wasserflasche wurde unterwegs auch leer.«

»Vielleicht war es also doch deine, die auf dem Hang?«

»Nein«, knurrte die Alte, »die liegt im Lavatal.«

»Und von dem Hund habe ich noch gar nicht erzählt –«

Der Kopf der Alten fuhr herum. »Lebt er?« fragte sie erwartungsvoll.

»Kennst du ihn denn?« rief er überrascht.

»Was ist mit ihm?«

»Vor Tongay bin ich wieder auf Geier gestoßen, sie waren schon mitten im Fraß. Diesmal war ich auf einen Menschen gefaßt: den Besitzer des Wagens und des Strohhutes. Aber es war ein kleiner Hund. Jemand hatte ihn mit Sand überschüttet, aber die Geier haben ihn ausgescharrt. Das also war dein Hund?«

»Wieso?« fragte die Alte und sank mit geschlossenen Augen zurück.

»Ich verstehe das alles nicht«, sagte der Mann bekümmert. »Aber warum ich durch die Wüste wandern mußte, eben gestern, das verstehe ich sehr gut, und ich werde dich bei mir behalten, bis du wieder gesund bist.«

Er erhob sich und wollte gehen. Da bäumte sich die Alte auf und schrie ihm nach: »Warum hast du mich da unten nicht krepieren lassen?«

Der Mann trat zu ihr.

»Ich habe die Esel geschunden um deinetwillen«, flüsterte er, »denn ich hatte Sorge, daß du mir stirbst, bevor ich Tongay erreiche. Als ich sie den Hang hinaufjagte, warst du wie tot. Da habe ich der Allerheiligsten Jungfrau gelobt, den Esel zu verkaufen, der dich getragen hat, wenn du leben bleibst, und mit dem Geld wollte ich Kerzen kaufen ...«

Die Alte lachte auf.

»Den Esel habe ich schon verkauft«, fuhr er fort. »Übermorgen abend werde ich die Kerzen in der Kirche aufstellen.«

»Nein«, schrie die Alte, griff nach seiner Hand und heulte: »Nur das nicht!«

Er begriff ihre Verzweiflung nicht, aber er wagte auch nicht, ihr seine Hand zu entziehen.

»Verlange von mir, was du willst, aber die Kerzen muß ich kaufen und anzünden«, sagte er, »das habe ich ihr versprochen.«

Da ließ die Alte seine Hand fahren und drehte sich zur Wand.

Erst als er sie ruhig atmen hörte, schlich er sich zur Tür hinaus. Draußen fiel die

Nachmittagssonne auf die Pilgerscharen, die durch die Gasse strömten. Über die niedrigen Dächer ragte die Kirchenkuppel. Aus dieser Richtung erscholl vielstimmiger Gesang, dazwischen dröhnten die Trommeln der Männer, die zu Ehren der Madonna vor der Kirchentür tanzten. Der Mann überquerte die Straße und betrat die Hütte, auf deren Schwelle die Dicke ihn verschwommen lächelnd erwartete.

Gegen Abend, als das Fest sich in jenen Gassen zusammenzog, wo Bude neben Bude stand, nahm die Alte ohne Widerstand einige Bissen weichgekochten Fleisches zu sich und etwas Brot, dazu einen Schluck Rotwein, den der Mann aufgetrieben hatte.

»Werde ich in dieser Nacht allein sein?« fragte sie ihn.

»Nein«, antwortete er. »Du brauchst dich nicht zu ängstigen. Ich schlafe auch hier, dort in der Ecke auf den Fellen.«

Sie wäre lieber allein geblieben, aber sie schwieg.

Nach einer Weile begann sie wieder: »Wohnst du allein?«

»Vor einem Jahr ist meine Frau gestorben.«

»Und ihr habt keine Kinder gehabt?«

»Nein.«

Sie starrte in das Dachgebälk, durch dessen Ritzen Sterne schimmerten, und sagte: »Du solltest wieder heiraten. Vielleicht wirst du doch noch Kinder haben.«

»Was kommen soll, das wird schon werden. Ich will nichts erzwingen.«

Sie lauschte seinen Atemzügen, bis er eingeschlafen war. Sie selbst fand keinen Schlaf. Als der Mond durch die Ritzen fiel, erinnerte sie sich an die weite Hochebene zwischen den Bergen in milchigem Licht. Dort war der Hund zur ihr gekommen, dort hatte er zum ersten Male keine Angst mehr vor ihr gehabt. Nun hatten ihn die Geier gefressen.

Gegen Morgen schlief sie endlich ein. Sie schlief bis in den späten Vormittag des nächsten Tages hinein, dem vorletzten Tag des Festes. Das Lager des Mannes war leer, aber auch ohne seine Gegenwart fühlte sie sich gefangen. Sie sehnte sich nach der Wüste. Der Flügelschlag großer Vögel rauschte über dem Dach, und ihre Sehnsucht wuchs. Sie versuchte ihre mageren Beine aus dem Bett zu heben. Schwindel erfaßte sie. Als sie endlich stand, gaben die Knie nach. Sie klammerte sich an einen der Bettpfosten und ließ sich zurücksinken. Noch einmal fiel sie in einen Dämmerschlaf, bis der Mann wieder vor ihrem Bett stand.

»Morgen werde ich dich verlassen können«, sagte die Alte.

»Laß dir Zeit. Ich werde sehen, daß ich einen Lastwagen finde, der dich nach San Rufino mitnimmt. Von dort aus kannst du mit der Eisenbahn heimfahren.«

»Nein«, antwortete sie, »ich werde wieder zur Oase zurückwandern. Da wird die Reise billiger für mich.«

»Diesen Weg noch einmal? Genügt es nicht, daß du unterwegs fast gestorben wärst?«

»Ich habe keine Angst, denn was ich auch unternehme: ich sterbe nicht.«

Der Mann begriff sie nicht, aber er sagte: »Warte wenigstens, bis ich mit meinen Eseln wieder hinunterziehe. In zwei Wochen wird es soweit sein. Dann kann ich dich begleiten und dir behilflich sein.«

»So lange will ich nicht hierbleiben. Ich hasse Tongay.«

Der Mann fuhr erschrocken auf: »Tongay hassen? Hier haben wir doch die Allerheiligste Jungfrau, und Tongay ist auch sonst schön. Und dann die herrliche Kirche!«

»Ich werde heimgehen, sobald ich kann«, beharrte die Alte.

»Dann will ich dir eine Eselin mitgeben, damit du nicht zu Fuß gehen mußt«, sagte er. »Ein sanftes Tier. Du kannst sie unten in der Oase bei einem Freund von mir abstellen, wenn du angekommen bist. Später werde ich sie dort abholen.«

Die Alte antwortete ihm nicht.

»Versprich, daß du sie nehmen wirst«, drang er in sie.

»Dann versprich du mir«, entgegnete sie, »daß du die Kerzen, die du der Madonna versprochen hast, nicht kaufen wirst.«

»Das kann ich nicht«, antwortete er traurig.

»Sündige doch, wenn dir so viel an mir liegt«, rief sie höhnisch.

Der Mann bekreuzigte sich und murmelte: »Wir wollen nicht mehr über diese Dinge reden, bis du ganz gesund geworden bist«, und ging hinaus.

Er brachte ihr Rotwein, Brot und zartes Fleisch und am Abend eine Melonenscheibe dazu. Sie fühlte ihre Kraft wiederkehren.

Als sie am Nachmittag ein paar Schritte quer durch die Hütte versuchte, wurde sie von der Dicken überrascht.

»Du hast Glück gehabt, Alte«, rief sie, »daß du dem gutmütigsten Idioten von Tongay in die Hände gefallen bist. Aber ich sage dir: wenn du ihn ausnutzen willst, dann bekommst du es mit mir zu tun. Er ist zu gut, das ist seine Krankheit, und du hast das auch schon gemerkt. Mir scheint, du bist auch mit bei dem Esel im Spiel, den er so ohne Sinn und Grund verkauft hat. Er würde auch noch seine anderen beiden Esel für dich hergeben, wenn du ihn darum bätest. Dabei hat er selber fast nichts. Aber seit seine Frau gestorben ist, passe ich auf ihn auf. Ich bin sein Schutzengel. Wenn ich nicht wäre, hätte er schon längst alles verschenkt und könnte betteln gehen vor der Kirchentür. Ich werde auch dafür sorgen, daß du nicht bei ihm kleben bleibst wie eine Klette. Ich koche für dich, jawohl, aber nur, damit du so schnell wie möglich verschwindest.«

Mit krummem Rücken saß die Alte auf dem Bett.

»Als ob ich irgend etwas von euch wollte. Nicht einmal das Leben!« murmelte sie, rollte sich zusammen und kehrte der Dikken den Rücken zu. Die verschwand, kurz bevor der Mann eintrat.

»Schläfst du, Mutter?« flüsterte er.

Sie preßte die Augen zu und antwortete nicht. Er ging auf Zehenspitzen durch den Raum. Nur fort, nur fort, dachte die Alte. Wenn ich doch nur schon genug Kraft besäße!

Plötzlich richtete sie sich auf und fiel über die Suppe her, die neben ihrem Bett bereitstand.

»Was glotzt du so blöde?« rief sie dem Mann zu. »Ist die Suppe nicht für mich?«

Er schaute sofort in eine andere Richtung, ging hinaus und kehrte mit dem Strohhut zurück, den er in den Serpentinen gefunden hatte.

»Dies ist der Hut, von dem ich dir erzählte«, sagte er. »Du hast ja keinen, deshalb ist es das beste, wenn du ihn an dich nimmst. Auch in Tongay brennt die Sonne.«

Sie sagte nichts und löffelte die Suppe weiter. Da hing er den Hut an den Bettpfosten. Nach einer Weile legte sie den Löffel weg, ergriff den Hut und drehte ihn grübelnd in den Händen. Noch immer rieselte Sand aus ihm. Sie hörte nicht, wie der

Mann hinausging. In Gedanken durchzog sie wieder die Wüste. Da war der Hügel mit der Mine, da der Cañon und dort das helle Tal mit der Lavamauer. Sie nahm den Hut, füllte ihn mit Sand und trug einen Hügel zusammen, der zu einem Berg wuchs und sich schwarz färbte. Sein Gipfel öffnete sich, Flammen schlugen heraus. Sie wollte fliehen, aber die Flammen erfaßten sie, und sie stand still und gab sich dem Feuer hin, und nachdem die furchtbare Angst verbrannt war, schmerzte das Feuer nicht mehr. Der Traum zerrann, aber die Schwerelosigkeit blieb ihr. Sie sank in einen tiefen, ruhigen Schlaf.

Sie hörte nicht, wie der Mann zurückkam und sich leise niederlegte.

Noch vor Sonnenaufgang erwachte die Alte. Den Hut fand sie auf ihrer Brust. Entschlossen setzte sie sich auf, verließ das Bett und durchschritt den Raum. Ihre Knie gaben kaum mehr nach, fast hatte sie die alte Kraft wieder. Sie war bereit fortzugehen.

Ich werde endlich allein und mein eigener Herr sein, dachte sie, nahm ihre Sandalen, die sie unter dem Lager entdeckt hatte, in die eine Hand, mit der anderen riß sie den

Hut an sich und öffnete leise die Tür, um den Mann nicht zu wecken. Vorsichtig spähte sie hinaus. Der Pfad war leer. Sie zog die Tür hinter sich zu und eilte zwischen zwei hohen Lehmmauern zur Gasse hinüber. Dort erblickte sie die mächtige Kirchenkuppel über den Dächern. Sofort schlug sie die entgegengesetzte Richtung ein. Die Gasse war noch fast leer, nur ein früher Händler baute seinen Stand auf, und die Lamaherde eines Indios schleppte Wasserbehälter vorüber. Fern hinter den Giebeln sah sie den Gipfel des Vulkans aufragen, er schimmerte in der Sonne, die für Tongay noch unter dem Horizont hing.

Sie erschrak bei dem Gedanken, der Mann könne ihre Flucht schon entdeckt haben und sie jetzt suchen. Sie begann schneller zu gehen, bis sie an einen sandigen Weg stieß, der die Gasse kreuzte. Hastig sah sie sich um.

Die Straße hatte sich hinter ihrem Rücken belebt. Türen öffneten sich, Kinder sprangen lärmend ins Freie, Frauen zogen mit Wassereimern dahin. Der Glanz der aufgehenden Sonne rührte an die Kuppel. Scharen von Geiern kreisten über dem Ort.

Sie bog in den Seitenweg ein. Hier schliefen jene Pilger, die kein Bett bezahlen konnten, ruhten, in Decken gehüllt, und umkrampften im Schlaf ihre Bündel. Hunde irrten umher und beschnupperten die Schläfer.

Die Alte stolperte weiter, hinaus aus dem Ort. Sie wanderte auf ein großes Tor zu. Bevor sie es durchschritt, schaute sie noch einmal zurück. Da fiel ihr schon die Sonne ins Gesicht. Die Kuppel schimmerte. Geier ließen sich auf die flachen Dächer des Ortes herab und blieben dort regungslos hocken. Nur ihre Augen lauerten aufmerksam in die Gassen und Höfe hinunter. Die Sonne sprang auf die Häuser über. Die Augen schmerzten der Alten von dem Licht. Sie drehte sich um und trat durch das Tor.

Es war der Friedhof von Tongay. Rechts und links des Weges, der geradeaus weiterführte und im Hintergrund gegen eine weiße Mauer stieß, erhoben sich die kahlen Kastengräber, in denen die Toten ruhten, Sarg an Sarg. Unschlüssig blieb sie stehen. Einen Augenblick spielte sie mit dem Gedanken, gleich von diesem Friedhof aus zur Oase hinabzuwandern, dann aber erinnerte sie sich, daß sie hier oben noch etwas zu tun hatte. Der letzte Tag des Festes würde ihr Gelegenheit dazu bieten. Und im übrigen: was war sie ohne Drehorgel?

Sie traute sich noch nicht in den Ort zurück, wo der Mann sie jetzt sicher suchte. So ging sie an den Gräbern entlang und betrachtete die Inschriften, die sie nicht lesen konnte, die Blumensträuße aus Papier und die Bilder der Toten in vergoldeten Rähmchen. Männer starrten aus steifen Kragen, Frauen lächelten, und alle die jungen Mädchen mit vollen Lippen, bereit zur Liebe, und die Kinder, mit scheuem Blick an die Mutter gelehnt, und andere, die ihre Nakken in Gelächter zurückwarfen, schauten sie an.

Sie vertiefte sich in die Kinderbilder. Da waren ein kleines Mädchen und ein noch kleinerer Junge, nebeneinander. Ihre Gesichter ließen sich nicht mehr erkennen, aber die Alte lieh ihnen die Züge ihrer beiden Kinder, die in derselben Nacht gestorben waren.

Warum darf man sein Kind nicht behalten, wenn man mit aller Kraft darum bittet? dachte sie.

Vor jenem Bild blieb sie stehen, bis die Morgenröte das Grab aufflammen ließ. Dann ging sie zum Tor hinaus, auf Tongay zu. Sie sah, daß eine steinige Straße den Ort verließ, hinter dem Friedhof vorbeiführte und in Serpentinen den östlichen Hang des Hügels hinablief, der Bahnstation zu.

Heute abend werden fast alle Pilger Tongay verlassen, dachte sie. Dann wird es hier leer werden. Aber der heutige Tag wird von allen Tagen des Festes der herrlichste sein, voller Übermut und Rausch. Ich kenne das.

Der Weg, neben dem die Pilger geruht hatten, war nun fast leer. Nur ein paar Kinder und Hunde bewachten bescheidenes Gepäck. Von den Dächern spähten die Geier herab und bewegten lautlos ihre nackten Hälse.

In die Gasse eingebogen, wurde sie gleich von der Menge mitgerissen und fortgespült, der Plaza entgegen, wo die Kirche stand. Aber die Alte wehrte sich. Sie kämpfte gegen die Strömung an und versuchte sich zwischen die Buden und Tische zu retten. Voller Haß starrte sie in die festfrohen Gesichter der Pilger, die zum Bild der Madonna strebten. Sie stieß mit den Ellbogen um sich und flüchtete sich zwischen zwei Obststände. Von dort sah sie finster der vorbeiströmenden Masse zu.

Dann trottete sie in eine Seitengasse hinein, in der es ruhiger zuging. Gelassen wandelten die Pilger dahin, verweilten an den Ständen, begrüßten sich gegenseitig. Hunde trieben sich umher, die nach Abfällen schnappten. Bunte Sonnenschirme entfalteten sich über den Tischen, Kinder liefen mit Windrädchen in den Händen im Kreise, Tauben gurrten zwischen den Aasgeiern. Eine Indianerin briet kleine Fleischstücke, spießte sie auf eiserne Stäbe und bot sie mit heiserem Geschrei an. Der Alten lief das Wasser im Munde zusammen, als sie die Duftwolke durchquerte, aber sie besaß ja kein Geld mehr.

Ein kleiner Pilgerzug schwenkte in die Gasse ein mit Schärpen und feierlichen Gesichtern. Ein halbwüchsiger Junge, eine Soldatenmütze auf dem Kopf, trug ihm die Fahne voran. Die Marktschreier verstummten, bis der Zug vorübergezogen war. Von der Kirche klang Glockengeläut herüber.

Ein freier Platz stand voll Lastwagen, Handkarren und Pferdefuhren. Dahinter stieß die Alte wieder auf Buden.

»Na, was soll's sein?« fragte ein junger Bursche, der sich zwischen Stößen von Hosen, Hemden und Anzügen kaum bewegen konnte. »Ein schönes Hemd für deinen Sohn?«

Das Gesicht der Alten versteinerte sich.

»Ich habe keinen Sohn«, sagte sie und ging weiter.

Mit anderen Augen schaute sie jetzt die Pilger an: sie sah nur noch die Mütter. Die Gasse war voll von ihnen! Junge, mit Kindern auf den Armen, ältere, von Kindern umringt, Großmütter mit Enkeln. Nur sie selbst war allein.

Ein Mann mit einer lächerlichen Zipfelmütze forderte die Alte auf, für wenig Geld in ein Rohr zu schauen: dann könne sie die Stadt Paris sehen.

»Was kümmert mich die Stadt Paris«, sagte die Alte und wollte weitergehen.

»Mütterchen«, rief der Mann, »ich kann verstehen, daß du nicht neugierig bist, Paris zu sehen. Das ist etwas für Jüngere, die sich nach der großen Welt sehnen. Für dich aber habe ich etwas Besonderes. Du bist alt, bald mußt du ins Grab, wie jeder von uns. Aber du weißt nicht, ob du für Himmel oder Hölle bestimmt bist. Ich habe beides hier: den Himmel in Glanz und Herrlichkeit, hier durch dieses Rohr, zwei Groschen nur, und dort die Hölle –«

»Ich weiß, wohin ich gehöre«, sagte die Alte gelassen und ging weiter, »in die Hölle.«

Der Mann glotzte ihr nach. Er ließ die Pilger an seinem Tisch vorbeiströmen, ohne sie anzulocken.

Der Wind fuhr durch die Gasse und wirbelte heißen Staub durch Girlanden. Eine Flasche rollte über die Straße und schlug einem kleinen weißen Hund gegen die Hinterpfoten. Aufheulend hinkte er davon. Die Alte blieb stehen und sah ihm nach, bis er hinter einer Mauer verschwand. Dann drängte sie sich durch eine Menge, die einen Schwertschlucker begaffte. Große Sträuße bunter Luftballons schwebten vorüber, quer durch eine Lamaherde.

Wunderlich war der Alten zumute, denn seit vielen Jahren war sie nicht mehr gewöhnt, in der Mitte festlicher Straßen dahinzuschlendern. Ihr Platz war hinter der Drehorgel gewesen, zwischen den Zelten und Ständen, neben der Kirche, wenn die Leute zur Messe strömten.

Als sie so dahintrottete, erkannte sie plötzlich den Rücken des Mannes, der sie in der Wüste gerettet hatte, wenige Schritte vor sich. Augenblicklich wurde sie hellwach, stolperte ein Stück rückwärts, aus Angst, er könne sich umdrehen, sie erspähen und ihr in seiner Güte nicht mehr von den Fersen weichen. Hinter einer Pilgergruppe verbarg sie sich und beobachtete ihn. Er sah sich oft um und ließ seine Blicke prüfend über die Menge gleiten. Sie huschte in eine Gasse hinein, in der sich Kinder vor Spielsachen und Naschwerk stauten.

»Holla«, rief eine Verkäuferin der Alten nach, »willst du ohne ein Geschenk für deine Enkelkinder heimkehren? Sieh her: Puppen, Bälle, Flöten, Wagen – alles, was die Kleinen sich wünschen, und so billig...«

Die Alte zuckte zusammen und entfloh.

Immer mehr Leute drängten vorüber, aus allen Seitengassen quollen sie, um sich zu einem Strom zu vereinigen, der sich auf die Kirche zuwälzte. Wieder wurde die Alte mitgerissen und zwischen erwartungsvolle Gesichter gespült. Dunkle Glockentöne hallten durch die Gasse. Die Alte stemmte sich gegen die schwitzenden Körper und suchte sich mit aller Gewalt von dem Sog zu befreien. Sie verlor den Hut. Als sich später die Gasse leerte, war nichts mehr von ihm übrig als ein staubiges Strohgewirr.

Sie kämpfte sich aus der Menge heraus. Ihre bloßen Füße bluteten. Keuchend verließ sie die Gasse und schlug einen schmalen Pfad ein, ohne zu merken, daß auch er zur Kirche führte. Sie stieß auf ein Gittertor, das offen stand, und durchschritt es. Jetzt befand sie sich in einem Garten, einem Park, hinter dem die Kirche aufragte. Hier war alles staubig: das gelbe, schüttere Gras, die verschlungenen Steige, die Kreuzwegstationen, die kugelförmig geschnittenen Bäume und die unzähligen Liebespaare. Dieser Garten schien ihnen zu gehören. Sie lagerten unter den Bäumen, saßen im Schatten der Kreuzwegstationen und lächelten sich an, gingen eng umschlungen dahin und küßten sich.

Niemand beobachtete die Alte, denn niemand außer ihr war allein. Sie schleppte sich quer durchs Gebüsch, stieß auf einen Brunnen und blieb staunend stehen. War schon der Garten ein Wunder an diesem trockenen Ort, so erschien ihr der Brunnen noch viel unwirklicher. Aus seiner Mitte erhob sich ein Felsen, auf dem sich ein steinerner Wurm krümmte. Ein Engel trat auf ihn und stieß ihm sein Flammenschwert in den Schlund.

Die Alte starrte den Wurm an. Er erregte ihr Mitleid, der sich so klein und hilflos unter dem Fuß des Gewaltigen wand. Ein klarer Wasserstrahl sprang aus seinem Rachen, erhob sich in die Luft und fiel glitzernd ins Becken hinab.

Die Alte ließ die Sandalen fallen, beugte sich über den Brunnenrand und trank.

Von der Kirche her schallten Gesänge. Sie schaute sich um. Die Paare erhoben sich aus dem Schatten, richteten sich unter den Bäumen auf, traten aus den Büschen und strömten der Kirche zu. Das kümmerte sie wenig. Kaum fühlte sie sich allein, als sie auch schon ihre Bluse abwarf und sich zu waschen begann. Dann setzte sie sich auf den Brunnenrand und tauchte die Füße ins Becken, während sie sich kämmte. Dabei vergaß sie allen Kummer, die harten Züge ihres Gesichts lösten sich. Nur der Augenblick blieb.

Sie zog die Bluse wieder über, schürzte den Rock und watete rings um den Felsen in knietiefem Wasser durch das Becken, erst scheu, bald aber kecker. Nach dem Rhythmus des Liedes, das von der Kirche herüberklang, begann sie Wurm und Engel zu umtanzen. Sie vergaß alles um sich her, tanzte in zierlichen Schritten im Kreise durch das Wasser, summte die Melodie nach und klatschte im Takt.

»Was tust du denn da im Brunnen? Was soll das, du!« rief eine Nonne, die durch das Tor neben der Kirche kam.

Die Alte erschrak, denn sie begriff selbst nicht, was sie da getrieben hatte, kroch über den Beckenrand heraus, ergriff die Sandalen und lief vor der Nonne her, die sie auf die Kirche zuscheuchte. Sie schlüpfte aus dem Garten heraus und in die Menschenmenge hinein. Mit Mühe erklomm sie eine Bank und konnte nun über die Köpfe hinwegschauen. Die Menge drängte sich vor dem Hauptportal der Kirche und schien auf etwas zu warten. Sprechchöre ertönten.

Die Alte spähte umher, auf welche Weise sie entkommen könne. Sie entschloß sich, an der Häuserfront durchzustoßen, um von der Plaza weg in eine stille Gasse zu gelangen. So kroch sie von der Bank herab und machte sich auf den Weg.

Plötzlich schollen Freudenrufe vom Portal her. Auch die abseits stehenden Pilger drängten sich jetzt mit aller Gewalt auf die Kirche zu und rissen die Alte mit sich. Alle Hälse reckten sich.

Im Portal erschien die Allerheiligste Jungfrau von Tongay, eine zierliche Statue, das Kind auf dem Arm. Eine schwere goldene Krone ruhte auf ihrem Haupt. Die schien so schwer, daß man sich wundern mußte, wie das kleine Gesicht, das unter ihr fast verschwand, noch so lächeln konnte.

Zwölf Männer mit Schärpen trugen den Podest, auf dem sie stand, und noch ehe die Madonna die unterste Stufe der Kirchentreppe erreicht hatte, war sie über und über mit Blumen bedeckt. Das Gesims hing voller Kinder, sie klammerten sich an die steinernen Heiligen, warfen Blumen und jauchzten.

Vor der Madonna schritten Fahnenträger. Auch an den Lanzenspitzen der Fahnen blieben Blumen hängen. Priester geleiteten die Jungfrau. Eine bunt gekleidete Gruppe von Männern, Knaben und Greisen tanzten unter Trommel- und Flötenmusik vor dem Zuge her. Immer höher wurden die Sprünge, immer heißer stampfte der Rhythmus. Ein Zigeuner tanzte am wildesten, wirbelte das Tamburin über dem Kopf oder schwang es unter den Knien durch.

Die Madonna hatte die Plaza erreicht. Hinter ihr quollen Fahnen, weißgekleidete Kinder mit Zweigen in den Händen und junge Männer in farbenfrohen Uniformen aus dem Portal. Die hölzernen Figuren verschiedener Heiliger folgten, schwankten über den Köpfen der Menge dahin. Ganz am Schluß des Zuges löste sich eine altersdunkle Figur aus der Dämmerung des Kirchenraumes, von schwarzgekleideten Frauen getragen: die Madonna ohne Krone, auf dem Schoß den toten Sohn. Niemand beachtete sie. Still zog sie dahin im Schatten ihres eigenen Schicksals.

Neben der Alten hoben Väter ihre Kinder auf die Schultern. Sie stand am Rand der Gasse, die sich die Tänzer bahnten. Sie staunte den Zug an. Ihr Blick blieb an dem winzigen Kind hängen, das in den kostbaren Gewändern der Madonna fast verschwand, und da kroch der Jammer wieder in ihr Herz.

»Niemand hilft euch«, sagte sie zu den Umstehenden. Aber keiner beachtete sie.

»Er macht mit euch, was er will, er tut

euch weh und erhört euch nicht«, rief sie und stemmte sich gegen den Druck der Menge, die von hinten nachdrängte.

Niemand antwortete ihr. Sie sprach wie in eine Wüste.

»Er kennt keine Gerechtigkeit!« schrie sie.

Da rief jemand ihren Namen, in dem fremden Ort ihren Namen! Ein Gesicht löste sich aus der Masse: das Gesicht des Mannes, der seinen Esel für sie verkauft hatte.

»Geh weg!« schrie sie.

»Warum bist du heute morgen fortgelaufen, Mutter?« fragte er. »Ich habe dich überall gesucht, und so finde ich dich –«

Der Mann wollte nach ihr greifen, aber sie schlug nach ihm und wollte fortlaufen. Die Leute glotzten und machten Platz. Nach ein paar Schritten stürzte sie vornüber auf das Pflaster. Er hob sie vorsichtig auf und trug sie fort.

Als sie wieder zu sich kam, war es schon Nacht. Sturm fuhr um die Hütte und rüttelte im Dachgebälk. Sie öffnete die Lider nur einen Spalt und sah sich verstohlen um. Auf dem Hüttenboden brannte eine Kerze, die im Luftzug flackerte. Der Mann saß in einer Ecke und zählte Geld. Sein großer Schatten zuckte an der Wand. Sie wußte sofort, wofür dieses Geld bestimmt war, aber sie bewegte keinen Muskel ihres Gesichts.

Er stand auf, steckte das Geld ein und trat an ihr Bett. Tief beugte er sich über sie, lauschte ihrem Atem und schlich sich, überzeugt, daß sie schlief, zur Tür hinaus.

Mit klopfendem Herzen horchte sie: er verschloß die Tür von außen nicht! Kaum waren seine Schritte verklungen, verließ sie das Bett. Ein Schwindel erfaßte sie. Der Luftzug, den sie verursachte, löschte die Kerze. Sie stand im Dunkeln. An der Wand entlang tastete sie sich bis zur Tür und öffnete sie. Auch der Pfad war finster.

Die Gasse war still geworden. Fast alle Wagen hatten Tongay verlassen und waren die Straße zur Bahnstation hinabgefahren. Auch die Fußwanderer und Mulakarawanen waren schon fort. Nur noch wenige Pilger warteten den kommenden Tag in Tongay ab. Die Einwohner des Ortes hatten sich in ihre Hütten verkrochen, denn die Stille und Leere nach dem Fest bedrückte sie. Papierfetzen flogen auf, Stroh wirbelte durch die Luft, überall lagen Bretter umher und Abfälle von den Ständen. Hunde wühlten darin und flohen, den Schwanz zwischen die Beine geklemmt, als die Alte vorübertrippelte. Ein kleiner weißer Hund war nicht unter ihnen.

Sandwolken trieben über Tongay hin, Kiesel klirrten gegen die Fenster. Keine Tür öffnete sich, kein Kind lehnte sich neugierig aus dem Fenster. Dies war die trostloseste Nacht des Jahres.

Durch den Staubschleier sah die Alte den Mann vor sich durch die Gasse gehen. Ihr schien, als dehne sich der Abstand zwischen ihm und ihr ins Endlose. Sie keuchte ihm nach bis auf die Plaza.

Die sah zerzaust und kahl aus. Drei oder vier Menschen überquerten sie und strebten auf das Portal zu. Durch die Dunkelheit schimmerte matt die große Kuppel. Ihr Blick blieb an den Treppenstufen hängen, die zum Portal hinaufführten. Vor solchen Stufen hatte sie mit ihrer Drehorgel oft gestanden. Nie mehr würde sie leiern. Wieviel schöner wäre das Fest gewesen mit ihrer Musik!

Vor dem Portal saß ein zerlumpter Junge, Körbe mit Kerzen verschiedener Größe und Farbe neben sich. Von der Schar der Kerzenverkäufer war er als letzter zurückgeblieben. Auch er erhob sich jetzt und wollte fortgehen, aber der Mann winkte ihn zu sich.

Sie verhandelten halblaut miteinander, und die Alte, die sich hinter die Bäume auf der Plaza zurückgezogen hatte, mußte eine Weile warten, bis der Mann mit dem Jungen im Portal verschwand. Die große eiserne Tür knarrte in den Angeln.

Nun wagte sie sich auch die Stufen empor. Eben, als sie die schwere Klinke herabdrückte und sich mit der Schulter gegen die Tür stemmte, stieß sie auf den Jungen, der mit strahlendem Gesicht aus der Kirche sprang. An seinem Arm hingen drei leere Henkelkörbe. Er hüpfte die Stufen hinab und verschwand in der Dunkelheit.

Die Alte betrat die Kirche. Weihrauchluft schlug ihr entgegen. Nur vorn, vor dem Altar, standen ein paar Reihen Bänke, der übrige Raum war leer. Am fernen Ende der hohen, dämmrigen Halle, hoch an der Wand, thronte die Madonna von Tongay über dem Altar. Ihr Lächeln verlor sich in der Finsternis, die in der Kuppel nistete. Aber zu ihren Füßen war es hell. Eiserne

Tische, die von einer Unzahl großer und kleiner Kerzen, von erloschenen Stümpfen und zerronnenem Wachs bedeckt waren, drängten sich in einem Halbkreis um den Altar. Auch vor den Seitenaltären in den Nischen waren Kerzentische aufgestellt, ebenso rings um die acht großen Säulen, die das Hauptschiff von den Seitenschiffen trennten. Ein zuckendes Lichtermeer breitete sich vor der Alten aus, das mit dem Wind kämpfte und ihre Schatten vielfältig auf Wände und Fliesen warf.

Sie vergaß den Mann und alles rings um sich. Der Glanz zog sie so sehr an, daß sie sich von der Dunkelheit des Portals löste und in den Raum hineinschritt, zögernd erst, dann immer sicherer, ohne zu merken, daß an einem der Seitenaltäre noch eine Familie kniete. Vor dem Kerzenwald am Altargitter schrak sie zusammen, denn dort stand der Mann über die Lichter gebeugt und entzündete eine Kerze nach der anderen von jenen, die er von dem Erlös des Esels gekauft hatte. Er war so versunken in diese Arbeit, daß er nicht aufsah. Sie huschte hinter eine Säule und beobachtete ihn verstohlen.

An den erloschenen Kronleuchtern flatterten Girlanden aus breiten Seidenbändern im Wind, der durch die Kirche fuhr. Ein Fensterrahmen klapperte über der Galerie. Die Alte schaute hinauf. Keine Kirche, der sie bisher begegnet war, besaß eine so riesige Kuppel und so reichverzierte Wände. Da hingen Opfer und Dankesgaben aus Silber und Gold: Häuser, Tiere, Hände und Füße, Herzen und sogar Kinder. Aber das herrlichste schienen ihr die vielen Lichter, so überaus lebendig im nächtlichen Wind.

Der Sturm nahm an Stärke zu. In der Kuppel verfing er sich und seufzte. Langsam brannten die Kerzen herab, Stummel schmolzen, Flammen verlöschten. Noch einmal erblickte der Mann die vielen Lichter, die er entzündet hatte, dann verneigte er sich tief vor der Madonna und schritt dem Portal zu.

Kaum hatte sich die Tür hinter ihm geschlossen, schlich sie wie ein Tier dem Tisch zu, der die Kerzen des Mannes trug. Mit glitzerndem Blick blies sie ein Licht nach dem anderen aus. Als die letzte Kerze auf dem Tisch erloschen war, schaute sie sich triumphierend um.

Über die steinernen Fliesen krochen die sanften, vielgefächerten Schatten der Familie hin, die ihre Andacht beendet hatte und dem Portal zustrebte, ohne der Alten Aufmerksamkeit zu schenken. Die Tür knarrte. Sie blieb allein zurück.

Lachend ging sie auf den nächsten Tisch zu, um auch dort die Kerzen auszublasen. Als ihre Lunge nicht mehr genug Kraft besaß, zerquetschte sie die Flammen zwischen zwei Fingern. Schon senkte sich tiefe Dämmerung über den Altar, die Madonna hüllte sich in Schatten. Rings um das Gitter brannte keine Kerze mehr.

Aber das war der Alten nicht genug. An den Säulenschäften flackerte es noch hell. Ihr Rock bauschte sich in der Zugluft, als sie quer durch den Raum taumelte. Ihr Schritt hallte aus den Nischen zurück. Die erste Säule, von unten her zitternd erhellt, verdunkelte sich langsam, die nächste folgte, eine nach der anderen trieb in die Finsternis hinein. Jetzt zuckten die Lichter nur noch vor den Seitenaltären. Gespenstisch zog die Alte von Nische zu Nische und löschte die Kerzen San Pedros, San Pablos, San Jorges, die Lichter San Josés und Santa Rosas. Die Säulen tanzten, die Halle drehte sich um sie.

Die Kirche füllte sich mit ihrem Gelächter. Sie schrie vor Lachen, breitete die Arme aus und lachte in die Kuppel hinauf. Echos hallten wider.

Ihren Arm wie ein Sensenblatt schleudernd, mähte sie die Kerzen Santiagos um. Nur noch ein Seitenaltar blieb übrig: nicht viele Kerzen standen dort. Die Nische war fast dunkel. Es war der Altar der Pietà. Sie stolperte auf ihn zu, die Hand zum Schlage erhoben, schlug zu und stand in schwarzer Finsternis.

Plötzlich hörte sie auf zu lachen, wurde still und schaute sich um. Aber das war sinnlos: sie war in Dunkelheit eingemauert. Mit geschlossenen Augen suchte sie sich zu erinnern, wo sie sich befand, aber nicht einmal die Richtung, in der das Portal lag, fiel ihr ein. Zaghaft schlurfte sie über den Grund, ließ sich auf die Knie nieder, fühlte die Fliesen, erhob sich wieder, tastete mit den Händen vor sich her, gewärtig, irgend etwas zu berühren, gegen eine Wand zu stoßen, eine Säule zu greifen, sie sehnte sich etwas herbei, etwas, an das sie sich klammern konnte: eine Bank, ein Geländer nur, oder einen der Kerzentische. Aber nichts bot sich ihr. Das einzig Greifbare war der Boden unter ihren Füßen. Schon fürchtete sie sich, aufrecht zu gehen, so ohne Halt und Sicherheit. Sie warf sich auf die Erde und kroch auf allen vieren weiter durch die Finsternis. Sie war jetzt zwischen zwei Säulen hindurch mitten in die Halle geraten, unter die Kuppel. Dort standen keine Bänke. Über ihr heulte der Sturm, kreischten Fensterflügel, knarrten Balken im Dach. Sie tastete, verlor die Richtung und kroch im Kreis, immer rundherum – bis sie zu schreien anfing.

Erst schrie sie noch um Hilfe, allmählich aber verwandelte sich ihr Geschrei in Gebrüll, das ihre letzte Kraft verbrauchte. Es erstarb im Geheul des Sturmes. Die Kirche war gewaltig, die Mauer stark, der Ort schlief erschöpft. Keiner der Bürger Tongays hörte sie.

Gegen Morgen legte sich der Wind. Verschlafen schlurfte der Kirchendiener bei Sonnenaufgang mit einem Besen aus der Sakristei in die Halle. Er schüttelte den Kopf über den Sturm, der in der Nacht alle Kerzen verlöscht und die meisten von ihnen umgestoßen hatte. Als er dabei war, sie wieder aufzustellen und zu entzünden, entdeckte er die Alte, die mitten in der Kirche auf der Erde lag.

Man begrub sie am nächsten Tag auf dem Friedhof von Tongay, die Pilgerin aus San Fernando de la Costa. Der Mann verkaufte noch einen Esel und bezahlte ihren Sarg und das Grab. Aber es war ein Grab ohne Bild.